タルブの花

ジャン・ポーラン

タルブの花

——文学における恐怖政治

榊原直文訳

水声社

アンドレ・ジッドに

目次

ひとは好んで詩や文学の神秘について語る、吐気がするほどに。しかし、認めざるを得ないことだが、ここで魔術や忘我の境、魔法の石、あるいは注意深い動物などに言及したところで何の解明にもならない。言いようがないと言うことは何も正確に言わないことなのである。秘密だと言うことは何も解き明かさないことなのである。詩人を信心深いとするのはよかろう。だがそれにしても信仰の対象は何なのであろうか。博識な作家、よろしい。しかしどんな学問の知識が豊かなのであろうか。

こうしたことに関して、詩人あるいは小説家がおぞましい混同に満足しているのは彼の自由である。神秘を体験し世に広めはしても、その神秘を説明することは彼の役目ではない。それにおそらく、自ら説明することは拒んだ方がよりよくその神秘を表現しもするのだ。しかしながら、ここで問題となっている事柄を倦まず喚起することをその仕事とする、また別の文筆家が存在する。ところが当の事柄は見失われているようなのである。

奇妙なことに、今日批評家はおのれの特権を放棄し、文学に対するあらゆる監督権を捨てたかのようである。かつては指図する立場にあったというのに、今や、むやみに遜《へりくだ》ってこう言う、「まずは創作者からお始めになられますように！」あるいは「わたし一人に何ができましょう？」その願いは、単に観察し報告するだけにさせておいてほしいということなのである（しかしそれとて遠からず奪われよう）。

わたしがこの考察に着手したとき論じようとしていたのはまったくもってこうした問題ではない。そんなことに挑むなど、思い上がった益もないことに思えたであろう。それに今日、文学は、貧しさ、孤独、行き過ぎといったより差し迫った幾多の問題を提起しているのである。

Ⅰ　恐怖政治の肖像

一　未開状態の文学

あの愛すべき原住民の女が教えてくれた言葉を繰り返そうとしたとき、「止めてください」と彼女は叫んだ、「どの語も一度しか使ってはならないのです……」。

――『ボツァッロへの旅』十五(二)

文学においては、われわれを魅惑するような出来事が起こることはあまりない。いや、さらに、魅惑されるのをわれわれは予め自らに禁じているかのようであると言わねばならない。美しくあることはほとんど警戒せねばならぬ一つの理由でしかない。完成された作品はつまらないとある者は言う。また別の者は、ある主題について、それが美しいことこそ危険なのだと。しまいには、完璧ほど凡庸に似ているものはないと。いずれも賢明であることこの上ない批評家の言葉である。(1)「美しい詩句があってはならぬ」と言っていたのはユゴーである。(二)

残るは個性であり、サプライズである。ところが、文学がそうして与えてくれるかに見せるものも、すぐさま奪い返されることになる。その個性たるや、何度か繰返されるやたちまち機械的に映り、またそのサプライズは、習慣的な、まさにサプライズとは対極のものになるのである。ペギーによれば、作家は処女作こそ真正な作品をものするが、その後は終生、おのれを真似て過ごす。グールモン〔Remy de Gourmont, 1858-1915〕は、付け加えて、個性的な作品は失敗すれば難解になり、成功すれば平凡になるのに時間はかからないと言う。いずれにせよ落胆させられるのだ。このように、美は最初から、そして個性は最後には、われわれを幻滅させるのである。大した違いはない。つまるところ、われわれは、文学がわれわれに何を負っているのか知ることを諦めてしまったといっても過言ではない。身を護る策も攻略の方針もなく、その面前に投げ出され、途方に暮れて。

しかし希望や自負がないからなのではない。

大きな希望には、大きな失望が

ヴィクトル・ユゴーは自らを法王であると思っていたし、ラマルチーヌは政治家と、バレスは将軍と思い込んでいた。ポール・ヴァレリーは、哲学者がいつも哲学に望むとは限らないものを文学に期待していた。すなわち人間に何ができるかを知ろうとしたのである。そしてジッドは、人間とは何であるかを。(三)

クローデルにとっては、俗世の残骸の上に、中世が経験したような聖なる世界を作り直せれば事足りるであろう。しかしながらブルトンは、犯罪と驚異を礎とする新しい倫理が勝利することを要求する。「そのための手段が詩にはある」と彼は言う、「だが、その効能が正当に評価されていないのだ」。モーラスにとっては、作家は崩れ落ちようとする一文明全体を水面より高く保てば十分であり、また必要でもあるようだ。アレルト（四）については何も言わないでおこう。彼には詩があまりに深刻なものに思えたので口をつぐむ決意を固めたのである。

かつては文人が貴顕紳士の気を晴らすことで本当に満足していたのかどうか、わたしは知らない（少なくとも彼らはそう言っていた）。今ではわれわれの中で最も慎ましい者でさえ宗教、道徳、ついに明らかにされた人生の意味を期待している。文学が作家に負っていない精神的喜びは一つもないのである。こうして若者は心に問う、誰が作家でないことに耐えられようかと。

何だって！　ということは、文学はそうしたテーマを扱うべく装備ができているというのか。――扱っているとは言ってない。――ではなぜ提示するのか。そうした問題を論じたところで何になろう？――それは分からない。人がより多くを求めるようになったのやもしれず、文学が気前よくなくなったのやもしれない。いずれにせよ、そこには、以前は何かしら自由で楽しく、おそらくは常軌を逸した何かがあったのだが、今ではその記憶と概念までも失われてしまっているかのようにすべてが推移しているのである。文学がわれわれに負っている恩恵がどのようなものなのかもはや正確には分からなくなっているので、われわれは最初にあらゆるものを要求してしまっているのだ（あたかも裁判で十万フランを要求して五十フランを得るかのように）。――とすれば、それは失望するのにお誂え向きの方法でしょうね。――まさに、われわれは失望したのである。

ランボーが自己を評価できなかった理由を遠くに探し求めるなかれ。書き上げたばかりの詩がその原因なのである。ポール・ヴァレリーは、かの詩人について、その手法や力の及ぶ範囲について明確な判断を下すや、すぐに詫びを入れ、当惑しているように見える。彼が自らそのように断じようとしたのであろうか。いや違う。当人は誰の邪魔もしたくないのである。その気まぐれに価値があるのは自身にってのみなのだ。ものを書くのは弱さゆえであると告白しているのであるから。(五)

クローデルが宣告し裁断するのも、神や自然、天体の力を借りてのことである。「この汚らわしい書物……――あなたの批評は、と口を挟むと――批評だと！　わたしを馬丁とでも思っているのか！――しかしあなたの作品は……――文人など娼婦だ」といった具合である。

誰がアラゴンに正確な意見を期待しようか。彼は魅惑し夢を見させてくれるのだ、ロスタン〔Edmond Rostand, 1868-1918〕も不器用に映るほどに。だが彼は文学を白痴製造機扱いし、文士を蟹呼ばわりする。彼こそが蟹でないとしたら他に何が残るであろうか。

わたしは最良の人々の話をしているのである。自分たちはものを書いているのだということをどうしたら彼らに理解してもらえるであろうか。「少なくともわざとそうしているのではない」とアルランは答える。一方、バルザックからプルーストまで、一人ならずの小説家が、登場人物が命を与えてくれと迫ってくるようなのだと弁解する。アポリネールはといえば、不愉快だというあれらの言葉よりも、香水や騒音あるいは輪郭の方をおそらく好むであろう。つまるところ、文学に嫌悪を覚えずして真っ当な文士であることはできないかのようなのである。かつては文学から期待されない啓示はなかったが、いまや相応しくないと思われる軽蔑などないのである。そして、作家であることに耐えられることに若い作家たちは驚く。小説や文体、文学あるいは芸術については、まだ侮辱のようには見えない新語や策略に頼ることによってのみ辛うじて語ることができるのである。かつては幸せな経験というものがあったにせよ、それも今や散り散りになり、辿るべき道筋も手がかりも失せてしまっている。このように、われらが文学にあっては逆向きに生じていないものは何もないのである。それは記憶を奪い去られ、未開状態に滞留しているかのようなのである。

ところでこの誤解は特異な形をとる。

批評家の思考の短所

今日、文学には二種類があることは誰もが知っている。すなわち、文字通り読むに堪えない（が、大いに読まれている）悪い文学と、読まれない良い文学である。この状況を指して作家と読者の離反などと評されたわけである。

ブレセ公爵家の有名な書庫には、十八世紀の偉大な書物は所蔵されていたが、十九世紀前半はシャトーブリヤン、ギゾー、マルシャンジー〔Louis-Antoine-François de Marchangy, 1782-1826〕のものしか収められていない[2]。一八五〇年以降はピオ十一世に関する二、三の仮綴じ本とジャンヌ・ダルク礼讃の一冊だけである。これはわずかと言わざるを得ない。シャルル・モーラスによれば、この科《とが》はブレセ家にではなくひとり作家に着せられるべきなのである。作家の無政府主義的宣言と難解な暗号文のせいで、良家の人々を惹きつけ、応援せねばならないと思わせるものは何一つ見出されなかったからである。そうかもしれない。しかし当初から上流社会の賛同を得ていない謎なり暗号は——無政府主義的であろうと革命的であろうと——まず見当たらないのである。たとえば難解な雑誌は贅沢な紙に印刷されるが、粗末な紙に書かれているものはいつも穏当で非常に明解である。それにブレセ公爵家は今日、サドの手稿やシュルレアリストの誹謗中傷の収集家として知られているのである。つまるところ、離反はモーラスが言うよりさらに深刻なのであり、ひとり貴族のみならず、ブルジョアや労働者も、百年ほど前からフロベールではなくフイエ〔Octave Feuillet, 1821-1890〕を、ブロワではなくギュスターヴ・ドローズ〔Gustave Droz, 1832-1895〕を、シャルル・クロではなくジャン・エカール〔Jean Aicard, 1848-1921〕を、マラルメよりノアーユ夫人〔Madame de Noailles, 1876-1933〕を、そしてジュアンドーよりドリュオン（六）〔Maurice Druon, 1918-2009〕を読み、賛美してきたのである。何だって！　誰よりもまず批評家が文学を見捨て、裏切っているというのか。

十九世紀はときに批評の世紀と呼ばれてきた。おそらくは反語であろう。どんな優れた批評家も当代の作家たちを見誤った世紀であるからである。フォンターヌ〔Louis de Fontanes, 1757-1821〕とプランシュ〔Gustave Planche, 1808-1857〕はラマルチーヌを、ニザール〔Désiré Nisard, 1806-1888〕はヴィクトル・ユゴーを打ちのめした。またサント・ブーヴがバルザックやボードレールについて、ブリュンチエールがスタンダールやフロベールについて、ルメートルがヴェルレーヌやマラルメについて、ファゲがネルヴァルやゾラについて、ラッセール〔Pierre Lasserre, 1867-1930〕がプルーストやクローデルについて書いたものを、恥ずかしさの念を覚えずには読めない。テーヌが押し付ける作家はエクトル・マロ〔Hector Malot, 1830-1907〕であり、アナトール・フランスが受け容れさせる詩人はフレデリック・プレシス〔Frédéric Plessis, 1851-1942〕である。皆、クロやランボー、ヴィリエあるいはロートレアモンについては一言も無いことは言うまでもない。しかしながら、ある者は人物像に長け、また別の者は性格を巧みに描き分けた。こちらは随筆をものし、あちらは魅力的な旅行記を綴った。ただ一つの文学形式が彼らには閉ざされている。彼らが拠り所としている形式である。批評は芸術と対をなし、その良心の如きものであるというのが本当ならば、今日の文学にはよき良心がないと認めざるを得ないのである。

知識や学説に事欠いているわけではない。学者たちは最善を尽くしてきた。ある者は作家の内に人種と環境と時代との重なり合いを見極める。また別の者は芸術作品を遊びと見なす。あるいは自己の欲望を匿《かくま》う甲羅をそこに見る。やや曖昧ではあるが寛大にも天啓とか事物の核心との融合などと呼ぶ者たちは措いておく。最も思慮深い者は、文学を知るためにはそれが変化し終えるのを、生き終えるのを待つよう勧める。

多様ではあるがこうした学説には二つの共通した特徴がある。まずはその無益さである。テーヌやスペンサーあるいはフロイトが形作る作家のイメージに似ようと努めるほど気違いじみた作家をいまだかつて目にしたことはない。第二の特徴はその慎ましさである。無益であることをまるで気にせず受け容れているからである。

ピエール・オーディア〔Pierre Audiat, 1891-1961〕氏は、最近、真面目な批評家たち（当人もその一人である）は久しく小説や詩を判断することを諦めていると指摘した。おそらくその通りであろう。いや考察することさえ諦めてしまっている。サント・ブーヴは精神の分類を試みる。彼には作品は取るに足りないものと映っているのだ。彼が見分けるのは、詩に対する額の皺の作用であって、額の皺に対する詩の作用ではない。テーヌやフロイトは、因果関係に囚われるあまり、作品を研究するのは、その言うところによれば人間を知るためでしかない。ブリュンチエールによれば『ル・シッド』は部分的にはコルネイユの作品であるが、遥かにリシュリューとシャプランそれに世論の作品なのである。自らを歴史家なり心理学者とするのは批評家の思考の自由である。しかしながら、作品を逃せば作者が逃げ去り、作者を逃せば人間が逃げ去る。

唖者

わたしは文学の話をした。言語の話をしても一向に構わなかったであろう。議論や声高な主張、告白あるいは宵物語などの言語活動についてである。サント・ブーヴがボードレールを曲解したという誰もが知っていることを述べたが、わが隣人のバゾー氏が女中に話しかけようとすると戸惑い、自らの庭仕事の説明——何やら不可思議な説明——にしどろもどろになることも、それに劣らず確かなのである（あまり知られてはいないが）。つまるところ、文学の病など、それが表現の慢性的病を明らかにしているのでなければ取るに足らぬことであろう。

偉大な政治家たちが、戦争を考えているときに平和と、虐殺を考えているときに秩序と口にするような世界については何も言わないことにする。高貴さ、献身あるいは騎士道などと言うときは何を考えているのか知れたものではない。それは策略なのであり、政治家の偉大さは、われわれの哀れな言葉に対して示される軽蔑によってある程度計られるのだと答えるかもしれない。しかし、政治家はそれほど悪賢くはなく、また実直な人もそれほど無邪気ではない。要するに、そこでは言葉もまた応分を負担しているに違いないと思われるのである。なぜならば、わたし自身が言葉に不自由することがあるからである。いや、言葉だけではない。普通の人間は自分の考えていることをいつでも言う権利がある。歌う権利さえある。絵に表す権利もある。ところが久しい以前からわれわれはそうした権利一切を放棄してしまっているのである。

わたしは単に図形や図式――線や三角形、螺旋など――を用いる方式のことを考えているのではない。そうした方式は、ときにわれわれが心の中に所有しており、そしてその変形によって計画の推移や進捗をかなりの程度表せると思っているわけであるが。そうではなく、どこからともなくやって来て、ときに付き纏いさえして、やがて去ってゆく幾多の個人的な幻想のことを考えているのだ。恥ずかしさを覚えずには思い出せないのだが、水槽の底に沈んで見えなくなった坊やの姿で上手く表現されるような、曰く言い難いが鮮明なある感情にわたしは苛まれたことがあった。ところがそうした絵など描いたことは一度もなかったのである。いや、より一般的な事実を引こう。休暇兵の沈黙〔*silence du permissionnaire*〕と名付けられもしようことである。誰もが知るように、一九一四年の戦争時、休暇で実家に帰った兵士たちは押し黙って話をしなかった。すると平和主義者たちはそれをいいことに、その原因として、一方ではまさに言葉に表せない戦争の恐ろしさを、また他方では分かってやろうとしない家族の不誠意を言い立てた。要するに、ひとを普通は話したくさせる（とめどなく話したくさえさせる）二つのことを沈黙の理由としたのである。すなわち言うべき事柄の異様さと母親あるいは妻の説得し難さである。いっそのこと、そこに戦争の大いなる神秘と逆説を見た方が正直であったろう。ともあれ決まって沈黙があり、そして軍人たちは自分たちの働きぶりを紹介しようとした著作におのれを認めることは決してなかったのである。あたかも銘々が奇妙にも言語の病に罹ってしまったかのように。

言語の病であると同時に文学の病でもある。というのも両者は相携えているからである。完璧さが不安を駆るのは、ひとり書物においてのみならず会話においてでもある。「誠実であるにはあまりにも雄弁」に思える。また「真実であるにはあまりにも言葉が上手い」と。

表現されることを求めない思考はない、たとえどんなに精妙な思考であろうとも。しかしまた、偽りであるように、あるいは間違っているように思えない表現もないのである。ひとがそれは「文章だ」「言葉だ」と口にするのは表現できていない事柄を嘆くときである。それこそが、彼らによれば、われわれの最も大切なことだというのに。──それならばいっそのこと、われわれはお互いに理解し合えないのだと認めたらいい！

いや、何ものに代えてもそれほどの失望に晒されるはめにはなりたくないようである。ロレンスは、人間に可能な限り接近したかったのだが、世俗的には成功したものの人間的には失敗し苦汁をなめた。このように、他人と相通じることは許されてないことに誰もが気づく。他人とだって！　いや、おのれ自身とである。心の内で対話することなしにあり続ける感情など──反抗心や神の追求心にいたるまで──ひとつもないのであるから。文学をその運命に委ねようとしない人などいようか？　しかし、文学と運命を共にすることになるのはあらゆる思考なのである。芸術家をのみ死刑に処したかったのに、人間が首を刎ねられたのである。

いかに風変わりで未開の状態にあろうとも、文学も言語も止むことなく続いている。蜜蜂が考えもせずに作るという蜜にそれらが喩えられるのも故なしとしないのである。それに、そう思われているほどその勝手に任されているわけでもない──それなりの処方も持ち合わせている（見かけ上はそう見えないというのもその処方の小さからぬ一端である)。また、仔細に観察してみればそれなりの論拠と証拠もある。

　この方向で探求を進め、われわれの文学的感情の基盤となっている印象や、詩人も批評家も同様にまずもって拠り所とする直接的意見、そしてあの子供じみた「文学とは何か」という問い——子供じみてはいるが、それを回避しようとすると一生が費やされかねない問い——に対する漠然たる答えを解きほぐそう——素朴に、言葉半ばで早合点せずに——とする者は、多大な賞讃や非難、漠たる勧告や明快な禁止の中に、ある気遣い、理屈で武装し奇妙な形で自足しているように思える、中心的と言ってもいい気遣いを遠からずはっきりと見分けることになる。その秘密をわれわれに明かさせずにそれを見逃すとしたら、それは常軌を逸していよう。

二　貧しさと空腹

サント・ブーヴ氏のお宅に到着するとすぐにわたしは『ルイーザ』の朗読を始めた。三十分後、サント・ブーヴ氏は叫んだ、「これは小説ではない」。同じ口調で彼が次のように続けたとき、わたしは泣き崩れそうになった、「人生そのものだ」。

――テレーズ・ティリオン『回想記』II・八（一）

おそらく文学はいつの時代もそれなりの危険を冒してきた。ヘルダーリンは正気を失い、ネルヴァルは首を吊り、ホメロスは終生、盲目だった。世界の相貌を一変することになる発見の際には、詩人は誰しもコロンブスのように帆柱に吊るされ命を脅かされることになるようである。熟練や完璧がほぼ巧妙なやり方や無益な慣例を指し、美や名人芸やさらには文学までもがまずもってしてはいけないことを意味する時代においては、危険はこの上なく陰険なものとなり、呪いはいつにもまして卑俗なものとなるようである。

タルブ市の公園の入口には次のような立札が見える。

花を手に入園することを禁じる

それはまた、今日、文学の入口にも見られる。しかしながら、タルブの娘たちが（また若い作家たちが）一輪の薔薇やひなげしを、ひなげしの花束を、手にしているのを目にしたらさぞ快いであろう。

常套句との断絶

修辞家は――修辞学なるものが存在していた時代の話であるが――どのようにしたら、いかなる響き、いかなる語、いかなる技巧、いかなる文飾を用いれば詩を作ることができるのかを得意になって説明した。しかし、現代の修辞学――拡散し、はっきりそれと意識されておらず、しかしそれだけになおさら過激で抜き難い修辞学――は、いかなる技巧や響きそして規則が、詩を怖気づかせてしまうものなのかをまず教える。われわれの文学的技法は拒絶によって作られているのである。かつて流れ、駿馬あるいは宵のと言うことが詩的であった時代があった。しかし今日ではそう言わないことが詩的なのである。星を鏤めた空や貴重な石さえも避けた方がよい。穏やかな湖（サント・ブーヴによれば青い湖の方がよい）、繊細な指（先のほっそりした指の方がよい）と書いてはならない。悦楽について「甘美な」や「女性的な」あるいは「浮き浮きする」と、また目について「眩しい」や「雄弁な」あるいは「溶けた」と言うことは、かつては望ましかったかもしれないが、いまや禁じられている。（しかし実際にそうだとしたら？）百五十年この方、無数の冒険を通じて要求し続けてきたことをもって作家たちを定義しようとすると、彼らが決まってあるものを拒んでいることに気づく。それはすなわち、ランボーのいう「詩的がらくた」であり、またヴェルレーヌの「雄弁」、ユゴーの「修辞」である。ホイットマンは言う、「わたしは『草の葉』から詩的な表現をすべて取り除くのに大いに苦労したが、最後にはやりおおせた」と。またラフォルグは「未来の嘉せられる文化とは脱文化である」と。そして今日の書く技法とは――とジュール・ルナールは記す――「使い古された語を信用しないことである」。

　おそらくそうなのであろう。ところが、かつては逆にそれら認められ、試され、使われた語を信用することがその技法であったのだ。ところで、それらはほぼ同じ語なのである。つまり、その役割もその重要性も同様に思える過去の信頼と現在の不信は、さらにその対象も同じなのである――あたかも文学の神秘全体が唯一の問題に係っており、ただその解決法が好みによって百八十度変わってしまうかのように。

　あるいは神秘というのでなければ、少なくとも厳密さや操作や技巧の余地がある文学のあの部分と言ってもいい。というのも、規則や形式は追放された紋切り型の後を追うからである。この一世紀来の詩、演劇あるいは小説の歴史に挑もうとする者は、まずそれらの技法が徐々に崩れ、ばらばらになり、ついで固有の手段を失って、ついには隣の技法の――詩は散文の、小説は抒情詩の、演劇は小説の――秘訣あるいは手法に侵略されてしまったことに気づく。モーパッサンは、無邪気にも、批評家（及び小説家）は「すでに書かれた小説にまるで似ていないもの一切を探し求める」べきであると言っていた。他の形式についても同様である。その結果、演劇は演劇的なものを、小説は小説的なものを、詩は詩的なものを何よりも回避することと相成ったのである。そして一般に文学は文学的なものを避けようとする。サント・ブーヴは『アンディアナ』について「ときおり小説に堕している」と（悪意を込めて）言っていた。ジュール・ルメートルは『椿姫[1]』について「芝居のようだ」とため息をついたものだ。蔑《さげす》みの思いなしにではなく。

　小説や文学は間違っていると言いたいのではない。そんなことは知らない。それにそうした型通りの表現を使わないことは好ましく、必要であるとさえわたしには思える（皆も同じであろう）。またそうしようとしない作品の下品さも分からないではない。しかしそれにしてもそれを愉快であるとまでは思えない。おそらくわれわれの言語あるいは思考の腐敗が求める薬なのであろう。それにしても苦い薬である。われわれを長らく魅了してきた語が奪われ、代わりに何も得られないというのは、屈辱的である。いや言葉とともに物も奪われてしまうのである。というのも、石が貴重であり、指が繊細であることはあるのであるから。あまりにも決まり切った言葉とのみ手を切ろうとしたのに、ひとの言語一切と手を切ることになりそうなのである。かつての詩人は諺や紋切り型あるいは共通の感情をあらゆる方面から受け取っていた。豊饒さを迎え入れ、周囲に返していた。ところが、わずかなものしか持ち合わせていないわれわれは、そのわずかなものもいつでも失いかねないのである。ことはまさに花に係わっているのだ！　ホラチウスは常套句のことを文学の糧であり塩であると言っていた。一人ならずの作家が道徳や商売、政治に移ってゆくことに驚いている者には、彼らは、食べるものがないので、移民のように逃げ去ってゆくのだと応じねばならない。二十歳で書くのをやめ——そしてまさに移住した——ランボーを聖人としたことには確たる理由がないではないのである。

第一のアリバイ——異色の作者

書き続けることが必要かどうか、わたしには分からない。幾人もの優れた精神の持主がそのことを疑ってきた。マルセル・シュウォッブの見解は、ルナンのあとをうけて、古典主義とロマン主義の営為の後には探求されるべき分野としては唯一、研究としての文学が残されているのみであるというものから遠くはなかった。すべての詩句はすでに書かれたとフォンターヌは言ったものだ。しかしながら、それでもなおこだわり、諦めようとしない者は禁止の裏をかく手段を様々に講じることになる。

その最も単純な手は、いかなる常套句も通用しないほど異常な感情を描き、またそのありようを予想させない言葉を新たにつかわなければならないほど難解な人物を登場させることである。それに、今日、独創性に対するどれほど苛烈な要請が文学をその主題（かつてはそれが月並みであることにこそ価値があったのだが）の選択に至るまで支配しているかはよく知られるところである。いずれにせよ、枝から特異な葉を、人物から異様な性格を見分けることが重要なのである。フロベールは、一本の木を、他の木との違いに気づくまで見つめたまえと言ったものだ。あるいはまた、作家はおのれを、思いがけぬことのほかは目にせず口にしないほどまでに独自な存在にしようとするだろう。ワイルドやコクトーは、わたしは文体をもたない、わたしが文体であると言う。そういうわけで良い感情から良い文学を創ること[2]も、美徳を詩に謳うことも、もはやまずできないということになる[三]。そのとき、幸いなことに、誠実な読者の抵抗が奇形なるものに対して、持続する目新しさを、いわば一種の文学的手付けを保証することになる。娼婦や近親相姦、卑劣漢、はたまた性的倒錯者の詩的価値が、文学において合言葉に、それなしでは多くの小説や詩が理解しがたくなる一種の暗号解読装置になるのである（それは小説家に劣らず卑劣漢や娼婦にとって、不愉快な状況であることを指摘する必要があろうか）。

持続する目新しさ、おそらくはそうであろう、だが永遠にではない。今日の作家は――少なくとも細心で、真実らしくとどまろうとするならば――ついには、人間と世界を一新させかねないあらゆる騒擾や反乱にあまりにも直接的に関わることとなり、あえて公然と革命家として打って出るのでないにしても、密かにそうならざるを得ないのである。しかしながら、紋切り型に対する嫌悪は、今の社会や共通の感情に対する憎悪となって続いてゆく。あたかも国家や自然も、銘々が心の内で独りごつような大袈裟な言葉と完全には異なっていないかのように。

さらに直接的な独創性がある。それは、主題よりも表現に関わる。ゴンクール兄弟やユイスマンスあるいはロチは、絶えず変化してゆく文体を使って、つまり自己否定しながら（少なくともそうありたいと望みながら）書くことによって、さまざまな成功を収めているのである。しかしながら、この方向で進み行くと、作家は、常套句を連想させない語も文もほぼないことに早々に気づくことになる。というのも、紋切り型の周囲には伝染のような力が働いているからである。詩人が星の瞬く空という句を使わないことにするやたちまち空も星も疑わねばならなくなる。ともにその句を思い起こさせ、何やらよく分からぬ不愉快で色褪せた反映をそこから受けているように感じるからである。マラルメにおいて月が重大な論争を呼び起こしたことがあった。そしてついに彼はその語を使わないことに決めたのである。陽気な逸楽に罪があるなら、逸楽が長い間罪を免れていられるかどうか疑わしい。渓谷は甘美な渓谷を誘う。このようにして次から次へと、使われたことがあるならあらゆる語が、常套句から明瞭さを受け取っているならあらゆる言説が、怪しくなってくるのである。文学のもう一つの密かな――密かではあるが、今日見られる最も生き生きとした作品を産み出している――流れは、ある何らかの錬金術によって、別の統辞論、新たな文法、さらには前代未聞の語を詩人に要求する。そこでは、原初の無垢が、何やらよく分からぬ言葉と物の失われし接合が蘇るであろう。そのようなものがランボーやアポリネールあるいはジョイスらの夢であったのであり、それはときには成功を収めもしたのである。無視し難い現代の一流派[3]は、作家に第一の義務として「文からその素材を分離する」ことを課している。もう一つ別の流派は語からその素材を分離するよう勧める[4]。個性的な精神の持主イリアーズ氏[三]は文字を分解するまでに及んでいる。その作品は見るに物珍しい、いや触《ふ》れるに奇妙な作品となっている。というのも、その新しい文字は浮彫りとなっているからである。

もう一つのアリバイ――責任のない作家

防御あるいは回避の手段は他にもあるようである。驚くにはあたらないのだが、幾篇もの詩や小説の冒頭に見られる宣言文にそのことは現れている（そして今日、作者が自己を正当化しようと必死になっていることは間違いない――あたかも詩を理解するためには作詩してみれば事足りるかのように、また、詩人なり小説家はこの点で弁解する何らかの権利を——義務ではあるまい——有しているかのように。しかしその一方で批評家の間違いには限りがない)。「わたしは報告するだけに留めた」と彼らは言う。あるいはまた「事実がそうなのである。わたしになにができるというのか……わたしは記録する機器でしかなかった……誠実であること、それがわたしの唯一の導き手だ……道に沿って持ち歩く鏡……見知らぬ力の手先……いかなる批評精神も追い払った」と。

かなり疑わしい謙虚さがどこに向かっているかは明らかである。常套句や紋切り型が文学においては不可避であるとしても、作家は少なくともそれに関して無実であることができるのである。作家が紋切り型を作り上げ、押し付けているのではない。ただそれを通過させているだけである。作家が「侯爵夫人は五時に外出した[四]」と言っているのではない。侯爵夫人が五時に外出したのである。奇妙な考え方である。しかしいずれにせよ、作家は無関係なのである。「手に負えない徒刑囚と堕落した娘」にしても同様である。彼は与り知らぬのだ。奥にある精神、内なる何か他のものが関わっているのだ。わずかな題材に多くの技巧を、とラシーヌは言った。わずかな技巧に多くの題材を、とバルザックやスタンダール、ゾラは快く言う。ランボーやネルヴァルも同様である。「あなたの美しい詩は」とクローデルに話を向けると、「いや、わたしは何もしていない」と答えたものだ。そしてラミュは「わたしは芸術家ではない」、テーヌは「わたしは文体を事実から受け取る」と。レアリスムもシュルレアリスムもここでは同じ状況にある。二つながら奇妙なアリバイの手口をコード化しているのである。違いは、作家が身を隠すのが超人間的な記録の前からであるか、それとも人間的な記録の前からであるかにすぎない。人生の断面も夢の断面も、ともにそのおかげで「そこにわたしはいなかった」と作家は言うことができるのである。蒼白な天使、魔法の泉、愛撫するようなスピードあるいは花咲ける乳房といった表現について不平を言われると、ブルトンは、「わたしは審美的な考慮など一切せずに思考の口述に従った」あるいは「それは精神の告白である。文学的にどうなろうとほとんど意に介さない」と言う（いくぶん荘重な口調で）。「そこの二行は下手くそだ」とのフランシス・ジャムの言葉に「直しなさい」とジッドが言うと、「もうわたしにはその権利がないと思います」とジャムは答えたのだった。そしてまた文学の庭園のもう一方の端には、真実や事実、あるいは観察に心奪われ、自分が書いているということ自体を忘れてしまう小説家がいる。スタンダールやゾラは言う、「わたしは文体などまったく持っていない。事物に引っ張られ付き従うのみだ」、「恐るべき不幸、反り返った額、抑えられた感動とわたしは言っただろうか。しかしどうしようもないのだ。事実なのだから。まさに反り返った額や抑えられた感動が問題となっているのだ」。ここで小説家は、やはり批評の狂気に捉えられ、こう付け加えるだろう、「物は裸のままで十分に美しく、ヴェールなど要らない。あなたの文彩など全部束ねても嵐や海上の恐怖、泣く女の足元にも及ばぬ」。そしてさらに、「形は去る。生きた人間を立ち上げてこそ不滅を手にできる[5]」と。

　このように、文学はジャーナリストから霊媒まで揺れながら展開してゆく。われわれの心の内で語るあのものの前から上手く姿を消すためにのみ語ることに同意するということ、これが件の病のもう一つの、負けず劣らず奇妙な側面なのである。神秘的な憑依あるいは学識ある者の控えめな態度が――あるいは先の革命も――軽蔑すべきものであるとは少しも思わない。いやそんなことは思いも寄らない。ただ、わたしは、これほど折よくやってきてわれわれを窮地から救い出してくれる反乱や剥奪を警戒するのだ。そして結局、あなた方が嘘から始めていることに驚くのだ。というのも、あなた方は書いているのである、何はともあれ。知らぬ風をしてはならない。

われわれは例の立札を見失ってしまってはいはしない。ところで、それは理解し難かったであろうか。じつはほぼ次のようなことがあったのである（と思う）。すなわち、あるご婦人が一輪の薔薇を手に散歩していると、守衛に呼び止められる、「花を摘んではいけないことはよくご存じでしょう。――始めから持って入ったのよ、とその婦人は答えた。――それじゃ、花を持って入園することは禁止としよう」。だが作家の中には、おだまきとかペチュニアとかいう奇妙極まりない花を選んで、こう言う者がいる、「こうした花があなたの花壇にあったなんてまさかおっしゃらないでしょうね」。他の者は薔薇の形に捩った紙を手に散歩しようと思いつく。そしてしまいには、「髪に花だって？　ほんと？　あら、でもわたしには関係ないわ。知らなかったのですよ。それが花だなんて分からなかった。木から散ったに違いないですよ」。つまり、禁止を掻《か》い潜《くぐ》ろうとするばかりで、その理由を調べようとはしないのである。

それら理由が理解し難いとか偽りであるというわけでは些《いささ》かもない。いや逆に、絶えずそのことを思い起こしていない詩人なり批評家はほとんどいない。それらは明確であり明白である。経験され、観察される。それにもかかわらず、これまで真に受けられたことはなかったし、単に考察されたことさえなかったのである。

それらがあまりにも陳腐で明らかなことと思われてきたからかもしれない。しかし、まさに陳腐なもののこそがわれわれに最も隠されているということもある。詩というものは、いつでも、慣れによって隠

郵 便 は が き

料金受取人払郵便

網島郵便局
承 認
2149

差出有効期間
2024年4月
30日まで
（切手不要）

223-8790

神奈川県横浜市港北区新吉田東
1-77-17

水 声 社 行

御氏名（ふりがな）	性別 男・女	年齢 才
御住所（郵便番号）		
御職業	御専攻	
御購読の新聞・雑誌等		
御買上書店名	書店	県 市 区 町

読　者　カ　ー　ド

お求めの本のタイトル

お求めの動機

1. 新聞・雑誌等の広告をみて（掲載紙誌名　　　　　　　　　　　　　　）
2. 書評を読んで（掲載紙誌名　　　　　　　　　　　　　　）
3. 書店で実物をみて　　　　　4. 人にすすめられて
5. ダイレクトメールを読んで　　　　　6. その他（　　　　　　　　　　）

本書についてのご感想（内容、造本等）、編集部へのご意見、ご希望等

注文書（ご注文いただく場合のみ、書名と冊数をご記入下さい）

［書名］	［冊数］
	冊
	冊
	冊
	冊

e-mailで直接ご注文いただく場合は《eigyo-bu@suiseisha.net》へ、
ブッククラブについてのお問い合わせは《comet-bc@suiseisha.net》へ
ご連絡下さい。

された犬や石あるいは陽射しを不思議な姿でわれわれに見せてきたのである。批評にもまたわれわれに明かすべき何ものかがあるのだとしたら？

三　言葉は恐ろしい

アラス革命裁判所はまず才能の顕著な容疑者から裁くであろう。
――代表ジョゼフ・ルボン、一七九三年八月

かつては毎週一冊の《ものの書き方》が出版されるのを目にした。しかし今や二十年に一冊、著されるのが精々である。そのことにいったい誰が驚くであろうか。常套句とならない助言はなく、紋切り型とならない粋な言い回しもないとなれば、文体の師匠にはほとんど言うべき何も残されてはいないであろう。規則などお構いなしの大胆な創作者となるか、過去の作品の逆を衝くか、書いているのだということを忘れて清い心で真実に身を捧げるか。いいだろう。しかしそれではかなり短い概論の域を出ないし、事実、モーパッサンもゾラも、ブルトンもアラゴンも、またクローデルもラミュも、立派な序文の範囲を超えることはできなかったのである。[1]ただし、昨今、「正当化」あるいは「アリバイ」とでも呼ぶべき新たな文学形式が形成され、大いに好評を博した。「外見はそう見えるが、作者がその張本人ではないことを明らかにする」というのが、ほぼその共通のテーマと言ってよいであろう。

ここでもまた困難を回避せねばならなかったのであるが、三人の批評家がまずまずそれに成功している。

紋切り型——無気力の印

レミ・ド・グールモンは、離れたところから作者を観察することによって切り抜けるのであるが、その様子はまるで昆虫学者が毛虫をありのまま触らずにそうしようとするのと同様である。アントワーヌ・アルバラ〔Antoine Albalat, 1856-1935〕は、より素朴に、大作家を注意深くまた忍耐強く観察すれば、三文文士も少しはましになることができるとする。そしてマルセル・シュウォッブはその概論を単なる惨めなあるいは卑劣な言い回しの寄せ集めとする。こうして三種類の文体の技法がもたらされたのであるが、それらは最新のものでもある。すなわち『文体の問題』『ものの書き方』そして『日録の付け方』であるが、これらは、大作家の例としてそれぞれ順にランボーとマラルメ、フランスとロチ、ルナールとリラダンを挙げているのであるから、文学の全領域をカバーするに足るほど着想が様々なわけである。

ところが、他の点では一致が見られないのに、その三人がそれぞれの書の最初から一致している点が少なくとも一つある。独創性である。というのも、重要な作家とは、その目で見、その耳で聞き、その手で触れ、その全身で感じ——つまり、その作品が余人をもっては代え難い自らの内なる唯一無二のものを明らかにしないではいられない作家であるからである。(2) それならば、既成の表現や偽りの優美さあるいは文飾から逃れようと努めればよい——本能的に避けていなかったのであるならば。そこでグールモンは主に、何らの疑義をも差し挟もうとしない人間、高貴なる軍人の道、この病根たる悪……などの道徳的な紋切り型を排斥しようとする。一方、アルバラは抑えられた感動、早熟な退廃、飽くなき活力などの絵画的な紋切り型を、そしてシュウォッブは目眩くような雰囲気、非の打ち所のない文体、気品のある思考などの知的な紋切り型を、それぞれ締め出そうとする。ところでその理由となると、以下のようなのである。

ひどく粗雑なものは措いておく。常識はほとんど下卑た戯言《たわごと》しか表明しないというのである。フロベールやブロワ以来いまや人の知るところとなったが、愚鈍さが劣悪さと並んでいないような、また戯言のために偉大さが、死刑執行人のために殉教者が犠牲とされていないような《世間に受け容れられた》想念も文もないのである。それはまた——想念がたとえ賢明なものであろうとも——誰もが知っていることを繰り返すことは、まただの一行も初めて読まれるのではない浩瀚の書を書くことも無意味であるからでもある（ただの一語も初めて読まれるのではない数行も同じことだ）。しかし無意味で馬鹿げていると言っただけでは足りない。さらにそれは悪であるらしいのである。

紋切り型を厭わない作家の上には怠慢や安易などの非難がのしかかってくるのである。そういうわけで早くもコールリッジは、それが許されるなら靴屋よりジャーナリストになる方が容易いと嘆いた。(3) 同じように、アルバラは陳腐な文体のうちに一種の放任あるいは無能を認め、(4) グールモンは衰弱と不注意の、(5) シュウォッブは無知と無気力の印を見るのである。（そして彼等とともにわれわれも好んでそうする。例えば、紋切り型で話す人のことを「深く考えなかった、労を惜しんだのだ」と普通に——まるで紋切り型のように——表現する。さらには、「通りでおしゃべりをしている人々を見てみなさい……口にしている言葉の何ものも顔の表情には映らない。それというのも考えてないからだ。何も考えないで、出来合いの文章をつかっているのだ[6]」。）しかし、もっとよく耳を傾けてみなければならない。「こうした出来合いの表現を一度自らに許してしまうと」とアルバラは言う、「二度、三度と許すことになり、傾斜に身を取られるように転げ落ちるがままになるだろう[7]」。同じ傾斜に関してグールモンは、「紋切り型を説明するには連想の理論だけで足りる。つまり一つの諺は更なる諺を連れて来、一つの紋切り型はその結果のすべて、ぼろ切れすべてを引き摺ってくる[8]」。そしてさらに、「問題となっている文体のタイプは、したがって言葉の健忘症の一タイプと言っていいだろう[9]」。

このようにして知らず知らずのうちに怠慢からその怠慢の理由へと滑りゆく。常套句が暴露している思考は、無気力というよりは服従したものであり、生気のないというよりは引き摺られ支配されたものであるということになろう。要するに、われわれにとって紋切り型とは、言語が突如として精神を踏みにじり、その自由を、その自然な働きを束縛してしまった印なのである。

言葉の力

「ある人たちは」とグールモンは言う、「出来合いの文で考える（文が熟考の代わりをしていると理解されたい）。……紋切り型でものを考えるというあの特異な才能[10]……」。あるいは「言葉が新しい姿勢を取るのに失敗して、記憶にある馴染みの順序で姿を現す[11]」（言葉が思考を引き摺ってくると理解されたい。すなわち思考は、恥ずかしいことに、忍従したのだ）。そしてさらに、紋切り型を厭わぬ作家たちは、すなわち「字句偏重の餌食となったあれら不幸な輩《やから》(12)」であると。他のところではグールモンはこう明言している、「まるで分配器となったような脳の中に閉じ込められた言葉が、その区画から直に、意識や感性のいかなる介入もなく、唇の先あるいは筆の先に出てくる(13)」と。

この説明が正確かどうかは分からない。少なくとも明解ではある。そして実を言えば、打ち倒そうとしている紋切り型に劣らず陳腐である。ここで明らかになるのであるが、批評家たちの省察はおそらくは現代で最も重大と思われる非難に基づき、ほとんどそれに繋がっているようなのである。すなわち、常套句をつかって書く者は言葉の力、字句偏重、言語の支配等々に屈しているという非難である。《言葉》あるいは《文章》、さらに明らかにには《出来合いの文章》と警戒する調子で口にするだけでその効力が発揮されるに十分なほど当然な非難である。その影を、例えばテーヌやルナンが作家の半数を——分けても古典主義の作家を——その《文学的下心》を根拠に断罪するとき、誰が見ないであろうか。ところが今度はプルーストがルナンを——またファゲがテーヌを——「抜け目のない文章の継ぎ接ぎ屋(14)」扱いするのである。ピエール・ラッセールはクローデルについて「表現法の中で最も物質的な手法を濫用している(15)」と、そしてピエール・リエーヴル〔Pierre Lièvre, 1882-1939〕はモレアス〔Jean Moréas, 1856-1910〕について「太鼓を打ち鳴らして隠喩や上品な語の招集をかけた(16)」と述べている。さらに同じようにスタンダールについてポール・ヴァレリーは「文の裏をそれ自体で掻くすべを心得ている(17)」と、またヴィクトル・ユゴーについてシャルル・モーラスは「言葉が立ち上がる……もはや書いているのは彼ではない(18)」と語っている。そして文士全般についてジュリアン・バンダ〔Julien Benda, 1867-1956〕は「彼らの特徴は心地よい名文に耽《ふけ》ることである(19)」と。かたやヴェルレーヌは言う、「何よりもまず文体を避けよ」。完成された文体、言葉となった文体と理解されたい。「本物の人間を描こうとすることは今日では例外的な企てなのである。近頃の書を見てみよ。すべて他の印刷物から生まれた印刷物でしかない[20]」とは誰が書いたのであったか。というより、誰が書かないであろうか、書きたいと思わないであろうか。ゲーテは言ったものだ、「本を書くあまり、あるいは読むあまり、おのれ自身が本と化してしまう」と。そしてヴィクトル・ユゴーは「詩人は、すでに書かれたことをもってではなく、おのれの魂と心をもって書くべきである[21]」と。ところが、あたかも文学が新しい作家一人ひとりの上に圧《の》し掛かり、その者を強制し束縛するあまり、限りなく逃げることによってのみ人であることができるかのように、すべてが推移しているのである。

逃亡は難しくまた誘惑は強いので、作家は、何らの検査も受けないうちから疑わしいと思われかねない。こうした猜疑心を抱き、また模倣の魅力や習慣の恩恵を思い出しながらも、素晴らしい出来栄えよりも不器用さに安心させられて、当惑させられなければ何となく失望して、そういうふうに新しい小説を読まなかった者が一体いるであろうか。かつて書物が人間というものを明らかにしてくれた時代があったらしい。少なくとも人間というものに馴染ませ、超えはしないまでも、その高さまでわれわれを引き上げてくれた時代が。ところが今日、病気や大惨事あるいは女優の恋にさえ値するものはそこには何もないのである。要するに気晴らしでしかないのだ。ゲンヌ〔Jacques Guenne, 1896-1945〕が政界を辞して芸術に身を捧げることになったとある者に知らされて、プレヴォ〔Jean Prévost, 1901-1944〕は「それは芸術にとって大損失だ」と答えたのだった。

つまるところ、そうした非難には一つならずの貴重な特徴がある。すなわち、明晰であり明確である（「趣味」があらゆることについて話す絶好の口実となる、つまり恣意的であるのに対して）。潔《いさぎよ》く観察と研究に身をまかせる。批評に対して特異な環境を作り出してくれているのである。

恐怖政治、あるいは批評の条件

それはまず批評が一つの科学に近づける性質を——そして権威を——受け取っていることである。批評は作品の後に登場するという点において。つまり批評は、作品を判断するためには、その文学的出来事が起こったことを待たねばならないのである。そうなればあとは、それが反復に類することなのか発見なのか、新しいのか月並みなのかを我慢強く探ればよい。真の称賛とは歴史的なものであるとルナンは言った。劇や詩への道を拓き、それらを導き、それらに好ましい場を提供するに適した予防的、創造的——一言でいえば、修辞学的な——批評が存在していることは久しい以前から認められてきた。しかしわれわれは詩や劇から始め、批評が全力でその後を追っている。これが、とりわけ創作者に対する批評家（後者は前者の靴紐を解くのが精々である）というテーマ——「言葉の力」や「雄弁の危険」に負けず劣らずありふれたテーマ——が表していることである。[22]

しかしながら批評はまた第二の意味で科学であり、歴史学的であると同じくらい心理学的でもあるのである。ボワローやヴォルテールあるいはラ・アルプは、一篇の詩について、好ましいか不愉快か、また趣味や規則、事の本質に阿《おもね》っているか逆なでしているかを判じたのである。ところが、それ以降、シュウォッブやアルバラあるいはグールモンにとっては「人間の思考のメカニズムを観察する」[23]だけで十分なのである。批評家は、サント・ブーヴ以来、作品が生まれるまさにそのときに、必然的に好評をあるいは逆に不評をもたらすことになるある現象を確認する。この現象――言語への服従、あるいはまったく逆にそこからの脱却――は、紋切り型の中に過《あやま》つことなき証人と印を持つのである。もはや小説が安易なのではなく作家が卑怯なのであり、詩が陳腐あるいは平板なのではなく、詩人がいんちきなのである。そして劇が良き趣味に悖《もと》るのではなく、劇作家が正しい思想に反するのである。そこでは作品よりも作家が、作家よりも人間が判断される。諸々の結果がそこから生ずるが、とりわけ不器用さあるいは短所が価値を帯びることになる。「作品はあまりによく書かれているので何も残らない(24)」と言う人も出てくるだろう。しかし逆に短所については、感動的だ、味わい深い、素晴らしいなどと語られる。というのも、そこに作家が浮かび上がり、人間が姿を現すからである。

　短所のない場合でも、批評家にはまだ手段が残されている。すなわち不躾な振舞いがそれである。つまり調査を今度は逆向きに行い、作家が言葉の陶酔を逃れているかどうかよりも、むしろそれを逃れる能力があったかどうか、その本性や気質あるいは生き様によって文学に抵抗することができたかどうかを探るのである。一言で言えば、彼が本物であるかどうかを。

　批評はそこでかつて経験したことのまずなかった正しい暴力を手にする。それほど怒りというものは書物に対するよりも人間に向ける方が容易な（あるいは心地よい）のである。それにそもそもより効果的なのである。というのも、ひと一人を押さえれば、五〇冊もの書物をその源泉で押さえたことになるからである。グールモンは「出来の悪い作家はいっそう厳しく懲らしめるべきである」と言う。そしてさらに「容赦のない批評で模倣者の仕事を無に帰せしめ、汚らわしい獣をその巣穴の中で窒息せしめるべきである(25)」と。

国民の歴史において、国家の運営には策略や方法ではなく、また科学や技術でさえなく――そのようなもの一切にはもはや用はない――むしろ魂の純潔さと皆が無垢である新鮮さが俄かに必要となるらしい（しばしば飢饉の後に現れる）あの時期は恐怖政治時代と呼ばれる。それゆえ市民自身がその仕事よりも考慮され、椅子は指物師のために、治療は医者のために忘れられるということになる。そうこうするうちに熟練や知性あるいは手腕といったものが、あたかも信念の何らかの短所を隠しているのでもあるかのように疑わしくなる。一七九三年八月、委員ルボンが、アラス革命裁判所は「才能の顕著なる」容疑者からまず裁くと宣言している。ユゴーやスタンダールあるいはグールモンが大量虐殺や殺戮を口にするとき、彼らの頭にあるのもまた一種の才能、すなわち修辞の詞華から露呈される才能なのである。あたかも三文文士は――言葉の配列や文学的な手管によってすでに得られている効果を利用して――寄せ集めの材料から美の製造機械を組み立てることで満足しているかのように。そこにおいては美というものもその機械に劣らず不愉快なのである。

アッシジの修道院に、下卑たカラブリア訛《なま》りの修道士がいた。仲間から揶揄《からか》われていた。ところが彼は傷つきやすい男だったので、事故とか不幸とか、要するにその訛りが上手い具合に気づかれずに済むほどそれ自体が重大な出来事を知らせるのでなければ、口を開くことはなくなった。しかしながら男は話好きの性分だったので、大惨事をでっち上げてしまったことがあった。誠実でもあったので、ついには災難をわざわざ惹き起こすにまで至った。

さてわれらが文学もまた、おのれが言葉や文章を用いる文学なのだということを忘れさせようとしているのでなければ、これほどまでに苦心してセンセーショナルなものを求め、事態をエスカレートさせ、斬新さを追い続けるなどということはしないであろう。というのも、事の秘められた核心にあるのは別の問題ではないのである。つまり言葉が危険に思え、訛りがおぞましく感じられているのである。

しかし少なくとも今やわれわれはその危険の詳細を、その憎悪の理由を知っている。

II　言葉の力という神話

四　恐怖政治の詳細

文学の退廃は、作家が調和のとれた文章の魅力に欺かれ、バルザックのように言葉に惹きつけられて、書くだけで十分であると思い描く――気違いじみたことだが――日に始まる。

――ジュヴィニェ『文学の退廃について』一七六五年(一)

……というのも、それはまさしく理由なのである。これで恐怖政治と仲直りができよう、それが可能ならばの話であるが。たしかにその口実は脆弱である。個性や人生が、後期古典主義作家が陶酔していた趣味や美、その他の漠然とした観念よりも遥かに勝るというわけではないからである。それには勿体振ったところがあり、裏切られているところもある。気違いじみていることもあり、押し黙っていることもある。そうした短所はたしかにあり、ほかにもあろう。がしかし、それにはそうした短所を遥かに凌ぐ一つの美点があるのである。それは奇癖や自惚れが思いのままに振舞うことがあまりにも多い領域で、偶然や陰影あるいは混同などを徹底的に拒否していることである。そのうわべの論拠は杜撰なものであるかもしれないが、その密かな証拠は見事なまでに明確で切実である。若々しい思考を隷従から救うためには、いびつさや行き過ぎを経ることが本当に必要であるならば、いびつさも行き過ぎも万歳！

貧しさや飢えを忍ばねばならないのであるならば、貧しさも飢えも受け入れよう。いやそれは単に明確であるだけではない。批評され検討されることを自ら申し出る明確さなのである。その実験がたとえ重みに欠けるものであっても、ひとつの実験であることに変わりはない――それを確かなものとするのはわれわれ次第なのである。その観察が正確なものでなかったとしても、やはり一つの観察ではあるのだ――それをやり直すのはわれわれ次第なのである。明確であるから、正確であるかどうか知ることができるのだ。必要とあらば正確にすることも。というのは事実がそこにあるからである。すなわち、紋切り型や大袈裟な言葉あるいは常套句は観察するのがじつに容易なのである。それに、科学と自称する学説を誰が科学として扱おうとしないであろうか。

まずその詳細を検討せねばならない。

政治的議論

サント・ブーヴは、何らかの深い思考に繋がる作家から、作品において「単なる修辞的気遣い」にうつつを抜かしている作家を区別するのを仕事としたおそらく最初の批評家であろう。いうまでもなく、前者は程度の差こそあれ優れた作家でありうるが、後者は唾棄すべきであるということになる。

それに、こうした区別がいかに成功を収めたかは人もよく知るところである。サント・ブーヴが断罪しようとしたのは、ほぼドリール〔Jacques Delille, 1738-1813〕やシェーヌドレ〔Charles-Julien Iiout de Chênedollé, 1769-1833〕など後期古典主義作家だけであった。ところがテーヌは、十八世紀の全作品に字句偏重の嫌疑をかけようとする――特にジャン＝ジャック・ルソーの短篇《レシ》に。ルナンにとっては修辞学の濫用が巻き込んでいるのはジャンセニスムを除いた全古典主義文学ということになるし、またブリュンチエールにとってはマレルブの詩がそうである。しかし反対にファゲにとっては、言葉の技巧に緊密に結びついていて、いわばその言語によって押し潰されているように思われるのは文芸復興期の作家たちの作品なのである。そこから逃れる者は誰もいない。ルメートルはヴィヨンに、グールモンはヴォルテールに喰ってかかる。テーヌは、ルソーから立ち戻って、突如ラシーヌの中に字句偏重を見出す。サント・ブーヴはドリールを手放してヴィクトル・ユゴーを攻撃する。マルセル・シュウォッブはシャトーブリヤンを攻める。つまるところ、こうしたことすべてにはもっともらしくないこと、惹き込まれるようでないことは何もないのである。些《いささ》か下品さがないわけではないが。というのは、その恐怖政治の議論は文学とは違うところで役立っているからである。それは広く普及しどこにでも見られる。要するに、文学的な洗練された要素をたとえば政治に持ち込むのではなく、文学に論争的要素を混ぜ込むのである。「物事の穀粒」から「言葉の麦藁」を引き剥がすよう、週に一度は読者に促さない新聞はない。あるいはまた、戦争や平和、選挙、失業などの問題で、「言葉だ！　言葉にすぎぬ！」と嘆息しない新聞はない。ハムレットがジャーナリストになったのである。

そこでは受けがいいのである。ある社会的・政治的な批評誌には、「要点整理」「比較照合」「労働条件」などのよくある見出しの隣りに「言葉の力」という名の時評欄が設けられている。それら力のある言葉とは、例えばイデオロギー戦争、変節漢、青春、世論、民主主義、その他もろもろの抽象的な用語である。（二）奇妙なことに、そうした言葉は製錬工の給料や家賃価格などに劣らず容易に観察や批評の対象となることが言外ににおわされている。いやさらに、それら言葉を具体的なレベルに引き戻し、その真の意味範囲をある意味で白状するよう強いることによって、学者の法則よりも魔法使いの呪文に近いある力の恣意性と魔術を分析によって取り除けると認められているのである。

しかし『ヌーヴォー・カイエ』誌がその言葉の力なるものを発見したのではない。まったく逆に、ここ百年ほどこの方、政治的な作家たちの間にはそれ以上に当たり前の議論はなかったのである。すべての政治的な作家の間においてである。というのも、それは民主派に対する反動派にも、穏健派に対する革命家にも役立つ貴重な議論であるからである。例えばシャルル・モーラスは、ボナルドに続いて、社会的な誤りは人間の愚行よりもむしろ言語の影響によるものだと述べている。「他のことを差し置いてまずやるべき改革は、言葉の支配と手を切ることだ[1]」と彼は言う。それはどんな言葉なのか。直ちに彼は釈明する、「自由や民主主義あるいは平等など、人々の頭を混乱させるに特に打ってつけの言葉だ」と。一方、ジャン＝リシャール・ブロック〔Jean-Richard Bloch, 1884-1947〕も、プルードンに続いて、次のように言っている、「われわれの政治的困難は言葉の力からきている……、大きな屍がわれわれの行く手を塞いでいる。死語がそれである[2]」と。どんな言葉なのか。「宗教や秩序あるいは軍隊などという言葉が、まるでその最初の意味を保っているかのようにわれわれの琴線に触れ、われわれを率いている」と彼は付け加えている。ド・ルージュモンやボスト〔Pierre Bost, 1901-1975〕あるいはレナック〔Joseph Reinach, 1856-1921〕が暴力や安全保障あるいは階級という言葉を告発するときも、今日の政府の要人たちが「キュビスムや未来派などという内容空疎な決まり文句の不吉な力」や「権利の平等という文句」あるいは「国際連盟という虚ろな言葉」などを攻撃するときに見られるのとそっくり同じ調子なのである。すべてこんな具合である。議論にみられる比喩や（こう言ってよければ）文学的な形さえもほとんど変わりがないのだ。シモーヌ・ヴェイユが『ヌーヴォー・カイエ』誌で「血と涙で腫れ上がった」いくつかの言葉（たとえばファシズム）に対して警戒を呼びかけたかと思うと、ラ・ロック大佐〔François de La Rocque, 1885-1946〕が『プチ・ジュルナル』誌で「血と膿でべとついた言葉に注意したまえ！」と叫びだす（ボルシェビズムがその例である）。

恐怖政治、おのれの哲学者を見出す

わたしは恐怖政治の粗野な形態について述べた。だが精妙なものもある。ベルクソンの言うところを信ずれば、われわれの内面生活はその最も貴重なものを中途で置き去りにせずには表現にまで到達しない。精神は言語に絶えず抑圧されているからだという。そこで、真の自分の思考に達したいときには、誰でも言葉の殻を破らねばならないことになるのだが、ところがその殻はたちまち元通りに回復してしまうのだという。そして常套句や紋切り型あるいは表現の決まり事などはその最も目立つ一形態でしかないのだという。

一見したところ文学にとってこれ以上に異質で敵対的な学説を、また文学を投げやりで卑怯な言動の堆積に化してしまうのにこれ以上に適した学説をわたしはまず知らない。ところが作家たちは真っ先にそれを採用したのである。しかもその同意はじつに完璧で、学説をいわば自ら呼び求め、漠然としながらも予め形成していたのではないかと疑いたくなるほどなのである。ある者は「わたしは十八のとき、初めてベルクソンを読んだその日に生まれた[3]」と言う[三]。また別のある者によれば「『試論』はわれわれに人間と命を改めて自覚させてくれた」[4] のである。まさに思わずこぼれた証言にはまた別の重みがあるものなのである。

言語に関する、そして文学という壊れやすいがまた常に立ち直るあの言語に関するベルクソンの考察が、どの程度まで真実のものとなったかを観察してみるのは興味深い。あたかもまさにその考察が現れるのが待たれていたかのようなのである。その考察を得て、やっと何にすがればいいかを悟ったかのようなのである。ベルクソンは次のように書いている。「小説家は、われわれの習慣的な自我という巧妙に織られた布――知性によって、そしてまたそれ以上に言語によって織られた布――を引き裂くことによって、こうしたうわべの論理の下にある根本的な不条理を、単純な状態の並置の下にある無限の洞察を、われわれに示してくれるのである。」

わたしはこの一文の中に、ベルクソンが読んだかもしれないバルザックやエリオットあるいはトルストイやその他の小説家の半分の姿しか認めることができない。だがこの考察は、ジョイスやプルーストのことを考えると、たちまち讃嘆すべき正確さを帯びてくるのである。小説家についてはこのようである。またほかのところで、ベルクソンは、言葉が詩人に課す特異な障害について語っている。思考の本質、すなわち「漠としていて、無限に動的な、測り知れない、理由のない、微妙にして移ろいやすい、そして言語で捉えようとするとその動きを固定して凡庸な形に収まらせてしまうような」あの要素が、救いようもなく消え失せてしまうという障害である。

さらに彼は次のように付け加えている、「どうしても必要であるならば言葉に翻訳できなくはない歓びや悲しみの下に、詩人は言葉とは何ら共通するものがないあるもの、最も内奥の感情よりも人間にとってさらに内的な、生命と呼吸の律動を把握するのである」と。

ここにランボーやボードレールあるいはマラルメの姿を認めることをわたしはためらう。(というよりもむしろ、彼らの作品のある部分は認められるとしても、彼らが告白している気遣い、言語に対する敬虔な思いや語に対する宗教的な尊敬の念は、あまりここには見られない。)だが確かに、言語を辱めようとする——ときには言語を作り直そうとする、いずれにせよ言語よりましであろうとする、そのような密かな欲求を抱いたアポリネールやファルグあるいはエリュアールならば認められるのだ。これが詩人についてである。

ところでベルクソンは、批評家の仕事の中に、「物質的なものから逃れ、欲心を離れて、形式に関するあらゆる偏見を棄て、一般論や象徴を諦めて……、物をその本来の現実において知覚する」という詩人なり小説家の行為をいっそう仔細に検討し、「通りがかりの人間が踊りに紛れ込むように」自己の内にその行為を再現するという努力しか認めていない。

いや、それはブリュンチエールでもテーヌやファゲでもない。サント・ブーヴの全き姿というのでさえない(彼がそれについて何を言っていようとも)(5)。しかし、「批評家の理想は小説家の創造的精神と一致することにある」というチボーデの姿をそこに認めない者が誰かいるであろうか。あるいはまた、「精神的な生の非常に流動的な形態を結晶させることによって、批評家と批評家がその跡を辿ってゆく創作者とを分けようとする対称性への無意識的な欲求」を避けようと心を砕くシャルル・デュ・ボス〔Charles Du Bos, 1882-1939〕の姿を。そしてわれわれが先にその秘密を明らかにしたあの批評界全体の姿を。あたかも恐怖政治が——最初の日からサント・ブーヴという演出家を、少し遅れてテーヌやルナンという理論家を、それからファゲやシュウォッブ、ルメートルという碩学や蒐集家あるいは社交人を、またブリュンチエールやグールモンという大審問官を次々と見出してきて――ついに、一九〇〇年頃に至って、自らを論証すると同時に深刻なものとし、また駆り立てる形而上学者に巡り会えたかのようなのである。

方法としての恐怖政治について

どのような形でわれわれの前に姿を現そうとも、恐怖政治は容易に要約されるいくつかの単純な考えに基づいているように思われる。まずそれは、ある種の言葉が――おそらくはすべての言葉が――その意味の外側で人間の精神や心情に特異な力を及ぼすことがあるということである。《大袈裟な言葉》とは、われわれの理解できない言葉なのであるとペギーは言っていた。ジョルジュ・デュアメルによれば、それは、それが現れるとわれわれの省察や思考が曇る言葉である。ジャン＝リシャール・ブロックによれば、それが意味するはずの現実のものごととのあらゆる関係を奪われている言葉である。H・G・ウェルズも、同じ趣旨で、演説の中でわれわれを感動させ行動するよう促す言葉とは、「医者や行政官、牧師などがはっきりと指摘しているように」と彼は付け加えているのであるが、その意味がわれわれには閉ざされている言葉であると述べていた。あるときは、当の意味が時代の経過とともに失われ消滅してしまった場合がそれにあたるが、しかしだからといってその語の価値や重みが減少するわけではない(階級や宗教がそうだと言う政治家がいるであろう)。またあるときは、語がまだ明確なあるいは一貫した意味を持つに至っていない場合がそれである。おそらく決してそうはならないであろうが、そのためにかえってその効果はいっそう増すばかりなのである。そしてその魅力もまた。例えばそれは民主主義や無限である。

　この力の辿る経路や働き方に関しては、さらに二つの場合を区別せねばならないように思われる。すなわち、あるときは言葉が精神に直接働きかけ、引き摺り、理解を許さずに混乱させる（こうして言葉による眩暈《めまい》や陶酔あるいは閃《ひらめ》きなどと口にする。「言葉の餌食となった詩人」というわけである）。またあるときは反対に精神がおのれの霊感の生々しさを、冷徹な計算に基づいて、言語や規則あるいは紋切り型に従わせることに決める（こうして政治家は《自由》や《正義》におのれの行動を我慢強く一致させようとし、詩人は韻に、劇作家は三単一の法則に従う）。しかし言葉の力は、無意識的あるいは習慣的または無邪気なものであろうとなかろうと、いずれにせよあるずれ、言語の中における語と意味、記号と観念の間で働く関係の断絶のごときものを明らかにしているのである。その結合が普通の話し方をもたらしている二つの要素のどちらか一方が極度に増幅され、いわば神格化され、他方が縮減され虐待される。単に、他の人々よりも容易に狼藉を働く者がいる一方で、いっそう喜んで隷従する者もいるのである。

　まったく明らかなことを、さらに明瞭に指摘する必要があろうか。あるのである、ここでは何一つ不明なままに、気づかぬままに残すまいとするならば。そこで（念のために）言っておくが、言語には――文法の教えるように、また、たとえそれが形だけであろうとも辞書に掲載されているように――一方に音や響き、書かれたもしくは手で触れられる姿といった明白な記号、他方にそうした記号がたちまち喚起する観念が含まれている。要するに、肉体と魂、物質と精神である。後者は精妙で柔軟であるが、前者は固定しており受け身である。このように、両者の相違は大きく、語について語られることは何一つ観念については語られ得ないし、その逆もまた然り。けれども、両者ともに奇妙にわれわれに近しく、議論の余地のない天与のものなので、物質や無機物についてわれわれが抱く観念は、言葉に関して内的体験がいつもわれわれに教えてくれていることを、いっぽう精神や生についてわれわれが抱く観念は、思考に関して言語がわれわれに教えてくれていることを、それぞれ世界全体に広めることによって形作られているのではないかと自問することが許されよう。すると言葉の力とは、表現の小宇宙においては、精神を抑圧する物質であると言ってまず間違いないであろう。激越な一発に見舞われようとしたその瞬間、ひとは早くも自分が死体と化したかのように感じるものだが、ちょうどそのように、言葉に隷従した思考は、体裁を保っていようとも、すでに死して無に帰せしめられている。単なる一つのものであり、ひと突きで倒れ、倒れたまま地に留まる。それにしても、ここで二つの点を指摘しておかねばならない。一つは、一般に恐怖政治は観念の方が言葉よりも、また精神の方が物質よりも価値があると認めるということである。両者の間には性質の相違に劣らず品位の相違があるというのである。これがその信仰であり、あるいはむしろその偏見なのである。もう一つは、言語は思考にとって本質的に危険なものであり、見張っていないといつも思考を抑圧しようとするという主張である。したがって、恐怖政治家について与えうる最も単純な定義は、言葉嫌いということである(6)。

分析をもう少し推し進めねばならないとするなら、記号と物、語と観念という一般的な分け方はわれわれにできる最も単純ではあるが最も巧妙な認識方法に属し、哲学者と同様に探偵も、物理学者と同様に車の修理工も利用する方法なのだということが付け加えられるであろう。（四）それは、困難が現れる度に——言語と助言や命令あるいはお世辞などの表現が、絶えず迫り来て絶えず解消されるありとあらゆる困難を差し出してくることは神がご存じである——不明な出来事をその明晰にして判明な要素に還元することである。つまり車の故障においては気化器の欠陥を、殺人においては傷口やピストル、加害者の痕跡を、水においてはそれを構成する酸素と水素を、文章においては一方に言葉（侵入し、重く圧し掛かり、暴力を濫用するものとなりかねない）と他方に意味を識別することである。このように困難を、それを解決するに必要なだけの部分に分割し、各部分に明証性を求め、確証しない限りは何ものも結果とは認めず、最後に、このような事項においては、われわれの注意を集中すればたちまち把握され認識されないようなものは何一つ存在しないのだと考える。これが、恐怖政治が自らの武器を据える第一の極めて堅固な土台なのである。

　文学における恐怖政治を活気づけている特異な気遣いを取り出してみようとすると、詩や小説はたしかに歓びや絶望、人間やその習俗を表現してはいるであろうが、より密かに一つの言語観を図らずも示していることがわかる。すなわち言語について形成されたある学であり、その学の力を借りて言語に対してとることになるしかじかの態度、つまり言語に抗して身を置き、耐えるある流儀——習俗や歓びなどはじつはその外見でしかないような学あるいは技術である。

　これが、恐怖政治のもう一つの秘密なのである。それがどの程度まで根拠のあるものなのかわたしには分からない。しかし、われわれの最初に行った観察がそれにある真実味を与えずにはおかないということは認めねばならない。というのは、ある種の批評的態度は、そこから生まれた作品やそれに続く反抗、貧しさそして行き過ぎとともに、言語に関する極めて明確なある見解に由来しているということをわれわれは少なくとも明らかにしたのであるから。

この見解はいくつかの短所——あるいは少なくともいくつかの不明瞭な点を呈していないわけではない。

五　読者が作者を裏返しに見る

世に伯楽有りて、然る後に千里の馬有り。千里の馬は常に有れども、伯楽は常には有らず。

――韓愈『雑説』四

恐怖政治には同じく顕著な二つの特徴がある。その第一は、それが惹起する問題の（またそれが提示する回答の）重大さに関係している。文学の実践、いやその存在それ自体が提起しているあらゆる種類の問題の中で、他はすべてその反映か徴候でしかないような、そしてまた作家の値打ちは、公言したものであれ内に秘するものであれ、銘々がそれに与える回答によって決まるような、そんな問題が一つある。それはすなわち、唯一、重要な事柄である精神及びその自由な働きを文学は助長するのかそれとも損なうのかという問題である。それに、そもそもご承知のように、ピエール・ラッセールのロマン派についての見解や趣味も、十七世紀に関するルナンの、あるいは十六世紀に関するファゲの見解や趣味も、これまで見てきたような確信によって限定され、予め強いられていないようなものはほぼ存在せず、さらにわれわれがそれぞれに心の内で作者に対して抱く見解にしても、その作者の言葉や文章の扱い方に対する素早く激越な感情に彩られていないようなものはほぼないのである。

恐怖政治の第二の特徴はその軽薄さである。恐怖政治は、これほど重大な決定に際しても、その場の第一印象だけで満足しているように思われるのである。

学者に問うても無駄である

恐怖政治家は、一つの事実と一つの言語学的法則のようなものを確認するだけなのだと言う。すなわちある種の言葉は、観念を犠牲にして、物質と言語の肥大症状を呈しているというのである。ところが、この表現の法則なるものに気づいた言語学者はこれまでに誰一人いなかったのである。文法学者も文献学者も、ただの一人も。メイエからニーロップ〔Kristoffer Nyrop, 1858-1931〕に至るまで、ヘルマン・パウル〔Hermann Paul, 1846-1921〕からバイイに至るまで、政治家やモラリストがわれわれの耳に胼胝《たこ》ができるほど繰り返しているこの特異な影響力のことをかつて指摘した者は誰も見当たらない。いやさらに、彼らは正反対の事柄を指摘していたと言わねばならない。というのも、意味論には二つの法則があり、彼らはその点においてほぼ一致しているのである。その一つは意味の摩耗に関連する。それによれば、語は観念よりも先に消耗し、その表現力を失ってしまわないまでも、容易に変質させてしまう——観念自体が生き生きとして鮮やかなものであればあるほど——ものだとする。それは、使用している語の効力を保つことに、あるいは同じ務めを果たす新たな語をその代用とすることに、感じ取れないほどではあるがしかし執拗な仕方で国民の言語意識を用いねばならないほどなのである。garce の意味が外れてくると、その意識は fille をつくりだし、今度は fille が曖昧になると jeune fille をつくりだす〔いずれのフランス語も「女の子、娘さん」の意〕。語が観念より生き延びるどころか、観念の方が語の後に生き残るのである。

　第二の法則はこの言語意識に関するものである。それによれば、言語に関する常識は滅多に欺かれることのない本能を備えていて、それがごく些細な意味の変化さえも文法学者や言語学者よりも遥か先に正確に捉え、そしてそれは作家自身にも教えるところがあり、こうしてひとはパリの中央市場で話し方ばかりでなく聞き方をも学べるということになる。要するに、語がそれにはない意味に従って働くことは決してなかっただろうというのである。

　これでは言語の力に残された余地はほとんどなくなる。しかし、扱っていることが学者の用いる方法に従うにはあまりに微妙であるか、あるいはあまりに密やかであるからかもしれない（実際わたしには、われわれの観念の流れに及ぼす言葉のあの重みほど捉え難いものはほかに考えられないのである）。ベルクソンは、こうした考えに立ち、言語と思考は反対の性質を持ち、後者は遁れ易く個人的で独自なものであるが、前者は固定され共通で抽象的なものであると指摘している。それゆえ、思考はともかくそれを表現する言語を介さねばならず、そこで変質することになり、その拘束の下で今度は自らが非個性的で生気のない、まったく色褪せたものとなってしまうのである。ところで（とベルクソンは付け加える）こうした思考の方が、以前のものより上手く社会の要請に応えるものであるので、次第にそれに取って代わってゆき、ついにはわれわれ自身を見失わせる。事実、そうなのである。というのも、これから自分が言おうとする言葉によって予め捕まえられ、歪められてしまうように感じることが誰にないであろうか。

しかしながら、ここでまた新たな障害に突き当たる。それはまず、あらゆる言葉の働きを思考の表現に単純化してしまうことは軽率であるということである。フェードルが語るのは、逆に、ある役を演じるためであり、そうしておのれの感情を隠すのである。アリスト(一)は、出まかせに、話すために話すのである。彼らの思考は、そのようにして言葉の陰に隠れて、おのれの破天荒な夢想を自由に辿れるというわけである。

しかし、あらゆる言葉は表現であるということに同意するとしよう。だがそれにしてもその表現がわたしを減殺《げんさい》するとは思えない。いや、その逆である。本に書かれたなり他者が口にするなりした二、三の言葉だけで、わたしは思いも寄らず驚くべき心の世界に投げ込まれるのである。いや何を言うか、おのれの発したただの一言だけでもそうなるに十分なことがあるのだ。われわれの言語がわれわれをわれわれ自身に、コントによれば教えてくれ、リルケによれば明かしてくれるのである。

しかしながらあらゆる言語は表現であり、あらゆる表現はわれわれを拘束するものであることを受け容れるとしよう。それにしてもその拘束は持続するということを証明せねばならないであろう。ところがここでもまったくその逆に、言葉は一度発せられると支離滅裂極まりない生の深部にわたしを連れ戻してしまうことが起こるし、また拘束されていればいるほど益々わたしは自由に感ずるということもあるのである。愛と嫌悪の、感謝と侮蔑の名状しがたい混淆が言葉の課した偽りの単純さにたちまち仕返しをするのである。筏に乗った難破者が襤褸《ぼろ》切れを振っても、おのれの飢えや渇きや苦しみは表現しえない。襤褸切れの奇妙な単純化について語る前に、船が去るやたちまち苦しみや飢えあるいは渇きがぶり返しはしないか確かめたいと思う。ベルクソンや恐怖政治家によれば、事実がそこにあるのだという。そうかもしれない。だが対極の事実もそれに劣らず存在するのである。話を文士に戻そう。

批評家の思考の軽薄さ

これまで見てきた文学的判断の中でわれわれを驚かすに足る特徴があるとすれば、それは批評家がそれらの判断を正当化しようとは滅多に考えないということである。まるでそれが明白であることは自明であるかのように、またそれを正確なものとするには、ただそれを述べれば足りるかのように。ファゲは、モンテーニュの「手管」や「手法」から受ける印象に従う。しかし、真の問題は、モンテーニュがそれらを「手管」や「手法」として考えているかどうかを知ることである。ブリュンチエールとルナンは、マレルブや古典主義作家が修辞学に従うことを誇りとしていたことを確かめてはいるが、しかし、彼等にとっての修辞学は単なる話し方あるいは書き方の技術であったのか、それとももものの考え方の技術であったのかを質すのを忘れている。テーヌは、ジャン゠ジャック〔・ルソー〕が文体に労するのを見て腹を立てている。――だが、もしジャン゠ジャックがその文体をいっそうよく自分の思考に従わせることしか望んでいなかったとすればどうなるのか。サント゠ブーヴは、ロマン派の作家たちが、まさに破棄しようとしているその形式や規則に些か気をとられすぎているのを責めている。しかし問題となる唯一の点、すなわちロマン派の作家たちがこれらの形式に形式として執着しているのか――そこから逃れようとしている限りで、彼ら自身の感動や自由にこそ執着していたのではないのかについて証明しようとはしないのである。このように、「よく書かれた」文章について、わたしはその作者の念頭にはただ文法と規則のことしかなかったものと想定することはできる。しかしまた、生来の性格や修練のお蔭でそうした規則がすっかり習慣的なものと化し、作者はその存在をいとも自由に忘れられるとも考えられるのである。ものを書くことになったとき、無知な者と学者ではどちらがより正確さや規則に気を遣うであろうか。少なくとも議論の余地はあろう。ところで、こうした場合に恐怖政治家はわれわれに証拠を持ち寄らないというだけではない。これはより重大なことなのだが、彼は証拠を持ち寄る必要があるとは思ってもみないようなのである。

それが容易なことではないのはわたしも認める。われわれは、一般に作家と作品の関係については、われわれの想像通りになる作品の方からだけ知識を得ている。そこで、語や文を巧みに集めた混成として作品を受け取ろうとすると、それはたちまちそうしたものとなる。その意味や感動だけを留めようとすると、それはたちどころに言葉を抜き取られ、すべて思考となってしまう。こうしてわれわれは、その文体に対しても霊感に対しても、同じように容易に身を委ねることができるのである。そして、われわれの考えるのと同じ手順で作家はその作品を作り上げたと認めないわけには行かなくなる。しかしそれでは正確には考えているとは言えないし、有効な証明を所有しているとも言えない。残るは、作者の側からなんらかの告白を得ることである。

ところが彼らは正反対の告白をしてくるのである。

シャルル・モーラスやジュール・ルメートル、アンドレ・ジッドは、ロマン派の作家たちが感情よりも文を、思考よりも語を明らかに優先させた最初のフランス人作家であったと一致して認めている。ところがロマン派の作家たちは自分たちを言葉への隷従から思考を完全に解放した最初の作家であると考えていることも同じく明らかなのである。おそらくヴィクトル・ユゴーは、批評家たちが空虚な字句偏重であると（悲しげに）評することを厭わない最たる詩人であろう。しかし彼は空虚な字句偏重に対する敵をもって自認した最初の詩人であることもたしかなのである。グールモンは、シャトーブリヤンについて「文体の餌食」になっていると書いている。だが、彼ほど心から自らをおのれの嵐の餌食であると信じた作家もまたいないのだ。われわれをしまいには苛立たせるスタンダールの特徴があるとするなら、それは「彼の装う自然らしさの調子」と「誠実さの表現力にこの上なく富んだ兆候すべてを作品の中に積み上げる」手法であるとヴァレリーは言う。しかし誰がスタンダールより狂おしく調子や手法というものから自由であろうとしたであろうか。最後にテーヌに関していえば、ファゲには彼の言語が「まったく不自然」で「作りものによる奇蹟を通して」辛うじて精彩に富むことができていると書くことが許されるかもしれない。ところがテーヌ自身は（誰にこの誠実な人間を疑えようか）「わたしはただ自分の印象を語っているだけだ……わたしはわたしの接する事実から自分の文体を受け取るのだ」と言っているのである。ロマン主義以降に相次いださまざまな流派についても同様である。象徴主義であろうとユナニミスムであろうと、パロクシスト(二)であろうとシュルレアリストであろうと、今日われわれをその様々な言語的偏執によって驚かさないようなものは一つも存在しない。同様に、あらゆる字句偏重とあらゆる手法というものに対峙して自らを築くのだと信じなかったものもまたひとりも存在しないのである——それぞれはまず始めに精神、人間、社会、無意識という対象を精力的に発見したのであるが、それらは先立つ流派が言葉の下に隠すことを自らの役割としていたように彼らには思えたのである。わたしは裁こうとしているのではない、作家であろうと批評家であろうと。ただ、これほどまでに規則的で、まるで法定のものであるかのように思われる彼ら相互間の誤解に驚いているだけなのである。こうした誤解を基礎と、意義の中心としているような理論があるとすれば、わたしはなおいっそう驚かねばならない。

特異な混同

このように、最もよくそれを識別できるはずの学者が言語の中に言葉の力に似たものを何一つ認めることがないのである。またいつでもそれは認められると思っている批評家にしても、それは、こうした場合に慎重な観察者ならとるはずの初歩的な用心を怠るという条件付きのことなのである。わたしはその力が存在するということを疑いたくはない。しかしそれにしても、見つけるためには目を塞がなければならないとは、それは不思議な性質を持ったものであるに違いない。

最初に気づけたであろうことだが、これまで見てきた諸考察に特異な特徴があるとすれば、それは、そのいずれもが直接の証言を提供してくれていないということである。たしかに、わざわざシャルル・モーラス氏が「伝統という言葉がどんな影響をわたしに与えるかは以下の通りです」と、またジャン＝リシャール・ブロック氏が「革命という言葉がどのようにわたしに作用し、導いてくれるかは以下の通りです」と言うとしたら、それは奇妙であろう。もちろんそんなことはない。問題になるのは常に他人のことでしかないのである。

それでは十分ではないだろう。間違っているときの他人、しかもわれわれにその間違いが明白に分かるときの他人、つまりわれわれとは最も異なっている者、対抗者や敵に関わっているときと言わねばならない。H・G・ウェルズは、文芸批評における賞讃あるいは非難（新聞連載小説や観念劇のようにのニュアンスが固定している既成の語から生ずる危険を指摘している。そして「それというのも馬鹿者どもが広く利用するからである」と付け加えている。よかろう。ウェルズはその馬鹿者ではないのであり、また先にみた政府の要人たちはキュビスムや権利の平等、国際連盟などの定型表現に対する従順さが図らずも現している知的頽廃（と彼らは言う）から幸いにも逃れているのであり、またモーラス氏は民主主義に、ジャン＝リシャール・ブロック氏は宗教に些かも欺かれてはいないことは言うまでもない。

それはよしとしよう。だが、内面的で微妙な出来事について語るのは止めにしてもらいたい。もし事が内面に関わるのであれば、あなた方には分からないであろう。というのはジャン＝リシャール・ブロックよ、あなたは信仰の厚い人間ではないし、モーラスよ、あなたは民主主義者ではないのだから。いやその正反対あり、もし民主主義者や信者の精神の内奥において何が起こっているかを知るのが問題となれば、わたしが助言を求めに行くのはあなた方ではない。

さらに強調しておかなければならない。言葉の力は、こうした場合に徹底した観察の法則に従うどころか、その観察が不完全か不可能であるような場合にいつでも現れるように思われ、したがって、観察の不十分さは何やら得体の知れぬ仕方でその力と関数関係を成しているように思われるのである。「ジュリアン・バンダは、真なるもの、正義なるもの、善なるものについて絶大な確信をもって語る。彼にとってこれらの語はすべての徳性を有し、皆の確信を誘い込むに値するものなのだ……」とある論争家が書いている。(1) よかろう。だが善なるものや正義なるものは、ジュリアン・バンダにとっては、実のところまったくその逆に、それらに比すれば他の一切は言葉や文章にしか見えないような原則であり真実であるのである。たとえばキリスト者は無神論者に問いかける、「何だって！ 君を納得させるには、人類や自然あるいは進展に訴えるだけで本当に十分なのか？ そうした空疎な決まり文句に従うことが考えることなのか？」と。だが無神論者の答えはこうなのだ、「わたしは自然や進展よりも普遍的で決まり文句から遠い存在を知らない」。自由という語が何百万もの革命家をもたらしたのだとノヴァーリスは言ったものだ。おそらくそうであろう、すなわち自由が語とは反対のものであると考える人たち皆を。

この誤りあるいは相違というものに、さらにいっそう近づいてみることができる。われわれは、ある作家の特徴的な「言葉遣い」や好みの言回し、ある特別な意味を彼が担わせる——また彼に担わせる——表現など、つまりキーワードというものについて語ることがよくある。たとえばユゴーの無限なる深淵やゴーチエの香炉、あるいは象徴派の恋の炎や記憶の壺、砂時計などがそれであろう。また、ヴァレリーの純粋やジッドの無償、ベルクソンの直観やモーラスの大群もまったく同じである。よろしい。だが、一気に外部から内部へと向かい、読者の立場から作者の立場に移ろうとする者には、おそらく大群や無償あるいは直観は——気の利いた便宜的な言葉であるどころか——逆に、ベルクソンやジッドあるいはモーラスにあっては、より一般的な観念や言葉がその表現となっている真実であり中心的思考であることもあり得ることが分かるのである。そのようにして誤りは一掃されるのである。サン＝ピエール師〔abbé de Saint-Pierre, 1658-1743〕はかつて人間の判断の空しさについて大いに思いを凝らしたことがあった。そこで彼は、何かあることに賛意を示すときにはいっても「目下のところは、わたしにとっては、これはよい」と言うようになった。これがそのような癖に関して、諺となった。ところがある日、その決まり文句について揶揄《からか》われたとき、彼はこう叫んだ、「困ったものだ！　決まり文句だって！　これは見つけるのに三十年もかかった真実なのです」。

　ここで作用していると思われる錯覚は、極めて精妙なあるいは適切な指摘でさえ避け得ないほど必然的なものなのであるが、それをさらに明瞭に示す必要があるであろうか。「美味いと評判の料理を食べるとき、その料理の名が人々の与える称賛に満ちて、わたしの味覚と意識との間に介入してくる。すると、その味を好ましいと信じてしまいかねないのである。少しでも注意深くあればその逆であることが分かるというのに」とベルクソンは書いている。だが、そこには言葉遊び以上のものは認め難い。仮にホオジロが美味いとわたしが認めるなら、わたしが称賛するのはホオジロという名の鳥そのものなのだ。もしその反対に、わたしの称賛するのがホオジロという語であるならば、わたしにはそれが優美なあるいは響きのよいものと思えるかもしれないが、それを食べようとは思わないであろう。

　わたしは、われらが批評家の思考が最初から本質的な問題を提出することに不満を抱いているのではない。不幸な人であるのでもなければ、本質的なこと以外の何に興味を覚えるというのか。しかしながら、この本質的なことに配慮も証拠もなしに接近し、それについて軽々に語り、その現前が惹き起こすわたしの焦燥と不安を利用して、わたしから慌ただしい同意を引き出そうとしているようであることは非難せねばならない。というのも、虐待されている思考の救助に飛んで行かないような者などいるであろうか。

しかしながら、それが真に虐待されているかどうか調べてみようと思う者が誰かいるであろうか。世には単に被告の有罪を問題にするだけでたちまち疑わしく思われてしまうような、そんな犯罪が存在する。――まるでその犯罪が吹き込むはずの恐怖がここでは一切の検討を封じてしまうべきであって、それにもかかわらず頭を冷静に保ったが故に背徳の嫌疑をかけられてしまうかのように。わたしがここで検討している見解についても同様なのである。それはたしかに軽薄で証拠も持たず、無数の無実の者を適当に断罪する。というのも、自らの主張を通そうとして、それは一種の恐喝をわれわれに働くからである。まるでわれわれは馴れ合いの間柄であって、横たわる得体の知れぬ屍を小声で思い出させられているかのように。われわれは、証拠を差し出される前に言うことを聞いてしまうのである。

あとになって譲歩するのではばつが悪いであろう。

六　恐怖政治の短所へ

彼が間違っていることははっきり分かっていたが、それがあまりに賢明すぎるからなのか、それともあまりに愚かすぎるからなのかが判別できなかった。また彼の振舞いがまずいことははっきり分かっていたが、それがあまりに人が良すぎるからなのか、それともあまりに不実であるからなのかが識別できなかった。

——ド・グラフィニィ夫人『エリザ』III(一)

われわれの困惑の訳は明らかである。それは、その理由がおそらく恐怖政治全体をも凌駕するほど重大であるからである。ベルクソンは、観察と実験によって厳密に証明されぬものは何一つ主張しはしないと書いている。結構なことだ。だが、観察をもう少し推し進め、実験を繰り返してみれば、正反対のことが示されることにならないようなものもまた何一つ主張していないのである。それには読者の後で作者に、また（こういう言い方ができるなら）話しかけられた者の後で話しかける者に訊ねてみるだけで足りるのである(1)。

だがそうした混乱を免れる手段がおそらく一つある。それは——普通に議論したり、曖昧なものでしかないであろう意見を求めたりしないで――われらが恐怖政治に立ち戻ることである。常套句や詩語のように明晰で限定された表現が精神に対する言語の浸食を示しているということ、これは、もし正しければ捉えるのは容易であろうし、もし正しくなければ、われわれにそのように思わせている錯覚を解体することが残されている、そうした事態である。

作家がおのれの常套句を創り出す場合

ポール・ブールジェは次のように書いている、「彼は、伊達男の甚だ軽佻浮薄な生活しか送ったことがなかったけれども、その潟湖の空気の内に美しきものの趣味を吸い込んだのであった……これらの絵から発散される魅惑に領され、彼はこうした傑作の横溢を前にして陶然となった。いわれのない物憂さが……」。

フランシス・カルコ〔Francis Carco, 1886-1958〕は「彼の所作の一つひとつが習慣の命ずるがままであった……心の奥底から、苦いが甘美な感覚が湧いてきた……」と書く。そしてピエール・ドクールセル〔Pierre Decourcelle, 1856-1926〕は「村の大時計で午前零時が鳴ると、われらが主人公は……」と。さて、ここには常套句がいくつかある。できるだけ様々な、その価値も種々のものを例として挙げたのである（だが何よりも「文学的価値」から縁遠いはずである）。――つまり、非常に明晰で、意味に直結しており、どのようにして書かれ得たのか、また考えられ得たのかを容易に察知できるに違いないのである。

ここで第一の指摘をしておかねばならない。常套句は、いかに陳腐なものであっても、それを発する者によって創り出されたものとなりうる。そうした場合には、強い真新しさの感覚さえ伴う。『紋切り型辞典』や他の決まり文句集に目を通していたとき、そこに自分が生み出したと信じていたある《考え》（すでにしてこの言葉が意味深長である〔《考え》は動詞《考える》の過去分詞が名詞化したもの〕）やそれまで実に無邪気に口にしていたある文を見出して、屈辱感を覚えた経験のない人間がいるだろうか。われわれは皆、「この日没を絵で見たら、本物じゃないというだろうね」と感想を述べることがいつかある。あるいはまた「ブロンズ像にはとにかく価値がある」とさえ。しかも満足し、悦に入りながらでなくはなく。このようにして同じ話や同じ俚諺《りげん》がこの上なく離れた地方で同時に生まれ、またその地で際限なく再生するように思われる、しかも必ずしも苦労しないわけでもなく創造の歓びが伴わないわけでもない。詩人は空に星が鏤められているのを眺め、まったく無邪気にそう言い、またそう言うことに歓びを覚えるのである。ブールジェが自分で考えていわれのない物憂さを創り出し、カルコがたった一人でものを命ずる習慣を創り出したのではないとどうして言えようか。一八九七年頃、レンヌ市に文盲でいささか人間嫌いなところのある肉屋の小僧が住んでいたが、十五年間もの暗中模索の末、血液循環の法則を発見した。彼が生理学の本を一冊開いてみるか、ひとに読んでもらうかしようと思いつかなかったのは残念であった。しかしだからといって彼が怠慢であったとか無気力であったといって責めるような批判は誰にもできなかったであろう。同様に、「大時計で午前零時が鳴った」と書いて満足する小説家は、おそらく何かしら新鮮な感受性、素朴な想像力を示しているのである。彼はその夜を見、時を打つ音を聞き、それに陶然とする。読者も共に陶然とするのを期待する（必ずしもその期待が欺かれるとは限らない）。詩とは、誰もが目にしていたものを新鮮な思いで見ることでもあるのである。

肉屋は無知であったが、カルコやドクールセルはそうではないと言うのであろうか。しかし生理学と文学とでは隔たりが大きいし、それにまた出来事の真実味や省察の切迫感が、それらについてわれわれが知っていた文章の存在を忘れさせるにほぼ十分であることもあるのである。あるいは少なくとも、それらが文章であるとはもはや思えなくさせてしまうのである。それは次のようなやりとりにも現れている、

わたしの義務の念がそうさせるのです……
——義務なんて単なる言葉だよ。
——そう、あなたがその語を用いるときはね。[2]

ここで言いたいことは、明らかに、あなたが義務と言うときには言葉や文章のことしか念頭にないかもしれないが、わたしにとってはその正反対なのだということである。さらには、「朝が光に溢れているとか大時計で午前零時が鳴るなどと言うとすれば、なるほどわたしは書物のように話しているのかもしれない。しかし、わたしがそう言ったのは、書物のように話すためではない。それが真実だからそう言うのです」。

それに、常套句は、元々的確なあるいは不意を衝いた指摘であったからこそそうなり得た表現である。いわれのない物憂さも涙にうるむ目も集まりの只中さえも、素朴に聞く者にとっては魅力がないわけではないのである。ところでそれらを再創造する作家もその魅力を再び見出しているのである。そのとき

ほど自由に、ひたすら精神にのみ委ねられているように感じたことはないのである。また今日のどんな若い作家が、雄弁の首根っこを捕らえてねじ伏せねばならぬというあの常套句を（他のすべての若い作家とともに）創造するその瞬間に、自分が激しく個性的であると、決定的に個性的であると感じていないであろうか。

作家が紋切り型をつかう場合

さて今度は、創造作用が機能しなかったと仮定してみよう。ブールジェやカルコ、ドクールセルらは常套句をまさにそうしたものとして用いたと考えてみるのである。その場合は、その表現が磨滅して習慣的なものとなり、精彩と詳細を失ってしまっているということでなくて何であろう。実際、feu-de-joie〔「かがり火」の意、直訳は「歓びの火」〕の中にもはやjoie〔「歓び」の意〕は、またsein-des-assemblées〔「集会の只中」の意〕の中にもはやsein〔「胎内」の意〕はほとんど感じられない。fille-de-joie〔「娼婦」の意、直訳は「歓びの娘」〕が涙を流すと、feu-de-joieがみすぼらしいと言っても、belette[3]が醜い[二]、nécessaire-de-toilette〔「化粧道具入れ」の意、直訳は「化粧の必需品」〕が無駄だ、commode〔「整理だんす」の意、元は「便利な」の意の形容詞〕が不便だと言ったりするのと同様、悪意などないし、一向に困りもしないのである。こうした言回しは、他のすべての語と同じように用いられる一語を成しているのである――いや、その理解はいっそう共通なものとなっている――。同様に、いわれのない物憂さも物憂さの一種となり、刺激的な褐色の髪の女も褐色の髪の女の一種となり、ものを命ずる習慣も（暗示する習慣や盲目にする習慣などと並んで[4]）習慣がわれわれに及ぼす無数の作用の中の一つとなるのである。

よかろう。ただその場合には、常套句が固有の問題を提出することはないように思われる。紋切り型が一語のように——他のあらゆる語と同じように——用いられるのを容認するというのも、それはしたがって紋切り型を通して、慣れ〔*accoutumance*〕や偏見〔*parti pris*〕、嫌悪〔*dégoût*〕などのようにその素性と語源が同じく判明でない語をつかうとき以上の不自由さは感じずに思考がその流れを辿ることができるからなのである。ここには字句偏重などまったく見当たらない。

その正反対である。常套句にあっては言葉を創ろうとする絶えざる執拗な試みに立ち会っていると、ある意味、言えるのである。言語学者たちが言語の起源を探求したことがあった(それはまったく成功を収めることがなかった)。いつのときも、起源と思われた時期以前に起源を持つ、あるいは少なくともその兆しが見える言語が存在したのである。あらゆる家庭、部族、流派は、よそ者には分からない意味を持たせた自分たちだけの《言葉》や自分たちだけのくだけた言回しをつくりあげるものである。それはもっと広い社会におけるスローガンや流行《はや》りの冗談、決め台詞などについても同様である。そうした言葉は新しく生まれ出て、様々な暗示を身に纏い、やがて単一の意味に至り——数年間、ときには数日間の常套句の生涯を辿りながら——大概の場合は消え去ってしまうのである。ところで日常経験することだが、こうした語句の使用は、字句偏重の印象を些かもわれわれに与えはしないのである(われわれの隣人にはそうした印象を与えることがあるとしても)。われわれにとって、それらを用いるときほど思考が言語から自由な姿を見せることはないのである。あたかも、それらが見かけ上の意味とは異なる一つの意味を形成するのを助けようとするわれわれの努力そのもの——またこう言うことが許されるなら、この表現という事件——が、さらにわれわれに働きかけて、その意味に属さないものすべてをわわれわれに忘れさせてしまうかのように。あるいはまた、ただ単に、われわれが進んである意味を持たせようとしている言葉の方が、辞書を意味の根拠としている言葉よりも、本来的に記憶や暗示に富むと思われているかのように（私的な言語という誇りがこの感情を助長するかもしれない）。千篇一律の言い草が、何の好意もなくそれを耳にする者には、出鱈目に繰り返される文句のような印象を与えるということはわたしも認める。しかしそれを口にする者は、逆に、「きみ、分かるだろう」、「じゃまた、ありがとう」、「そうやりさえすればそれでいい」などの表現に見事にみられるのと同じような、幾千もの巧みな応用を歓びとともに見出しているのである。それにまた、ご存じのように、極めて素朴で誠実な、言葉などに頓着しないような心の持ち主が、自ら進んで諺や陳腐な言回し、常套句などを用いて心情を吐露することがあるのである。そのよい例がラブレターである。それを書く者あるいは受け取る者には無限に豊かで格別の意味を持つものであるが——しかし関わりのない者には、陳腐さのあまり、また字句偏重（とその者は言うだろう）のあまり、謎めいているのである(5)。

われわれが明らかにしたことは探し求めていたことと無関係ではない。まさに正反対の関係にあるのである。批評家たちはまず、紋切り型をつかう作家が言語に対してある特異な状況にあることを知らせてくれた。そしてわれわれも実際、そうした作家が特異な状況にあることを明らかにしたのである。われわれの観察も彼らの観察も、同一の事実を対象としている。すなわちそれは、表現が文と語のある肥大化を示すことがあるということである。ただし、われわれが指摘された所に見出したものは、文の奇妙な不在であり、思考の肥大化のようなものでしかなかったのである。こうして、ベルクソンや恐怖政治家が彼らの理論の基礎としている観察は、いずれにしても、空想であり、間違っていることがわれわれには明らかになった。奇妙極まりないのは、それが二つの相反する理由のために同じように誤りになるということである。すなわち紋切り型が再創造されているときは、著者は言葉よりも遥かに自らの真実にこだわっているのであり、単に習慣として繰り返されているときは、その習慣ゆえに言葉の存在が気づかれることはないのである。この種の特異な文は、つまりそれについて考えられる一切のことを打ち消すように作られていると思われるのである——あたかも批評家たちは、それが文章や言葉であることをまったく忘れさせてしまう文章、純粋・無垢の感情を与えるのに最適な文章に関してのみ字句偏重だと言っているかのように。

この行き過ぎた誤りには考えさせるものがある。

言葉の力、セイレーンとミノタウロス

思考よりも言語を優先させていると恐怖政治が常套句に劣らず不満をこぼすものとして、代わりに形式や単一性あるいは詩句や脚韻などの文学的慣習について検討することもできたであろう。そして、同様のやり方で、あるときはこれらの様々な習わしが（たとえいかに共通のものであるにせよ）真の創造あるいは再創造の対象となり、作者の精神はその魅力や固有の効果に占領され魅了されるのだということを、またあるときは、慣例に従って作られたがゆえに習慣となり、使用することで透明な、目に見えぬものとなって、そのためにかえって表現せねばならぬ出来事や情念をいっそうよく表わすのだということを指摘するよう導かれたであろう。傍《はた》から見る者にはチェスは訳の分からぬ規則の組み合わせと映

り、また家庭は一種の牢獄に思えるかもしれない。しかしチェスを指している本人は、自分が偉大な武将のように自由で力強く感じられるし、また一家の父は好きなときに乗馬を楽しむこの世でたった一人の人間なのである。先に指摘したように、恐怖政治家たちは必要とあればゲームや家庭を非難するのをさほど躊躇しはしなかった。ところで彼らが一致して――そして続いてわれわれも――固有の激越さをもって紋切り型を攻撃しているにしても、その理由は次のようなものではないかと思われる。すなわち、紋切り型が例外的な特徴を備えているからなのではまったくなく、というのも、それが思考に対峙する物質的次元のものであることは韻律や脚韻あるいは形式（や家庭）と同様だからであるが、単に、紋切り型がより短く、劇や抒情詩、そして言うまでもなく家庭よりも遥かに提示するに、操作するに――判断するに――容易であるからにすぎないのである。嫌らしさの点では変わりのない多数の人物の中で、たまたま近くにいる者がわれわれの最も忌み嫌う人物になることがよくあるように。

ともかくわれわれが見出したことは、これまでわれわれを阻んでいた一つならずの不明瞭な点を明らかにしてくれるのである。

もし仮にシャリスが「父が亡くなった」と言われて泣き出すとしても、父や亡くなったという語が彼女に奇妙な力を及ぼしているなどとはわたしは言わないであろう。もしドゥニが百万儲けたと知って喜びのあまり気絶してしまうとしても、百万という語が彼を陥れた状態にわたしは驚いたりはしないであろう。彼らの心を揺さ振っているのは出来事であって語なのではないということをわたしは十分承知しているからである。だが正義は？　だが民主主義や自由は？　たしかに、それらに欣喜雀躍する人々については、感動させているのはやはり事柄自体である。それにしても、この事柄というものが色々な話し相手との間できちんと定義されぬまま様々に変化するのである。常套句のときと同じように（しかし遥かに多種多様で広大な領域においてであるが）、ドゥニやジャックが陶酔する自由や正義がどのようなものなのか正確には決して分からない。つまり、問題となるのはいつも使い方が無限に変化する抽象語なのである。ところで恐怖政治家たちもまた抽象の力と言葉の力についてほとんど区別することなく語っているようである。ある日スミスは、coopération〔「協同」の意〕、temporisation〔「時間稼ぎ」の意〕、constitution〔「憲法」の意〕など -tion で終わる語の持つ力に気づいた。そこで、同じように荘重な口調で inondation〔「洪水」の意〕と言ってみたが、期待したような当たりを取ることはできなかった。それほどに、語や音節の影響力に対する信頼はわれわれを誤らせかねないのである。実際には、こうした力を想定しようとすることはひどく馬鹿げたことなのである。というのも、単純極まりない経験が教えてくれるのであるが、そうした力のあるところでは言葉は目に見えずに通り過ぎ、そして言葉が姿を現してくるところではもはや力は存在していないのであるから。自分自身に対して言葉の力を認める者は誰もいないと述べた。確かにそうであろう。しかし過去に自分がそうであった者に対しては、誰でもそれを認めることがあり得る。ところがそのときは、誤りはいっそう強い印象を与え、粗雑に思える。ある娘さんが「わたしはあの人の虚ろな甘い言葉に騙されてしまっていたのです」と言う。いや！　それは彼女がそこに虚ろな言葉などではなく、満ちた愛を認めていたからではないのか。「神とか義務とか、そんな大袈裟な言葉をつかって俺に飲み込ませられないものが何かあっただろうか」と工員は言う。だがそれというのもそこに言葉ではなく大きな真実が認められていたからなのである。しかし（と恐怖政治家は言うだろう）その語や文が、今や彼の前に姿を現しているのであろう？　たしかに。今や失望しているのであるから。しかしまた神が彼に対してわずかな力さえも持たなくなっているからでもある。言葉の力とは、セイレーンやミノタウロスのように、異質で、和解し難い二つの物体が奇妙に陥入し合ってできたものなのである。

しかし、だからといってそれが役立たないわけではない。それは人の心をいち早く虜にし、話したいという思いを与える。おそらくさらに他にも色々役立っているであろう。

子供には、他の人たち（殊に大人たち）はただ言葉を並べるだけで満足しているのに、自分は考えを生み出した、しかもその考えを生み出したのは自分一人だと思い有頂天になることがあるものである。これほど甘美で、ものを考えるよう誘《いざな》う印象がこの世にあるとは思えない。この点においてはいつまでも子供のままであるような人々がいるものだが――おそらく言葉の力についてあれほど好んで語りたがる人々は皆そうなのかもしれない。だがしかし、われわれはそうした人々を超えたのである。

反論というものに対する偏見が見られる。それは単なる否定、ただの批判でしかないというのである。まるで本来われわれは虚ろで、信仰も想念も持ち合わせず、だからこそ科学や哲学がまずそれらをもたらさねばならないということは言うまでもないかのように。

しかし、もしその反対だとしたら？　もしわれわれが実際は誤った想念や偽りの信仰心で満ち、それゆえ真理に届かないのだとすれば？　そうであるとするならば、それほどの障害と幻想をわれわれから取り払うことが熟慮の果たすべき務めであり、そうしてこそ正確な知識への場が開かれるであろう。

少なくとも恐怖政治はそう考えるのである。ジッドやヴァレリー、モーラスらは、様々な体系や詩学あるいは原理が理解もそこそこに浪費されていっていることに驚いているが、彼らにはそれこそが現代の特徴に映っているのである。何だって！　われわれが精神との関係を確かなものとする配慮を委ねている当代の恐怖政治が、諸体系や詩学は、諸原理や詩は、形成されるや、言語化されるや、われわれにとってのその精髄のすべて、その価値のすべてをたちまち失うことになると述べているというのか。しかしそれは思考が偽物なのだ、一つの世界が悦ばしくも丸ごとわれわれにもたらされるのであるから！

グールモンやアレルトあるいは唖の人に必ずやその世界を返してやらねばならない。わたしはただ彼らを彼ら自身から守ってやろうとしただけなのである。

Ⅲ　修辞学の発明

七　錯視

ハリーは、七歳のとき、できることなら女の子になりたいと思った。恋をする年頃に達したのだった。女の子の世界が大変魅力的に思われたので、自分も女だったら、その魅力をなおいっそう強く感じるだろうと思い描いたのだ。

——R・ヒューズ『ジャマイカの烈風』(一)

恐怖政治にも特異な長所があることが分かったはずである。それは感情にあるいはサプライズや神秘への好みに卑怯な賛同を求めるようなことはせず、単に観察と実験だけに頼っている点である。要するに、純粋に科学的で（見かけによらず）賢明であり、明晰な観念でなければどのような確かさも認めはしないという、ある時代——まさにわれわれの時代——に相応しい長所である。ただ、それだけになおさらわれわれの発見には唖然とさせられるのである。

というのも、恐怖政治の観察は間違っていたことが試してみて分かったからである。実験は誤っており、結論は気まぐれなものであった。科学はそこで予告されていたもののまさに正反対のことを示しているのである。こうしてわれわれは奇妙極まる障害に突き当たる。

われわれの方法を諦めることは問題となりえないだろう。しかし、おそらくそれを変化させ柔軟なものにすることは許されよう。

詩や挨拶文あるいは広告文を読むなり、政治討論や夫婦喧嘩を聞くなりするだけで、われわれのごく些細な振舞いの中にも把握できない、理解さえできない論拠や条理が溢れていることに気づく。その手立てが分からないのである。それらを思い起こし明晰に概念化しようとすると、何から何まで歪曲してしまい、しまいにはその効力と真の意味が失われてしまうのである。しかし、方法が精緻であるならば、最初の反論が提起している諸問題をより推し進め解決に結びつけることができるのではないだろうか。

読者が問題とされる

一般の意見の誤りを暴くのは愉快でないことはない。だがしかし、その誤りを捉えるには誰でも単純極まりない経験に訴えてみれば足りるほど、それほど絶対的に誤りである場合には、より奇妙でおそらくより難しいある問題が提出される。それはすなわち、それが意見となり得たということであり、またそれが一体何から作られ、どのような役に立っているのかということである。要するに、問題はそれが真実か偽りかということではなく、それがあるということ自体なのである。

恐怖政治は正しいと認めたくなる点が少なくとも一つある。それは、人はあまりに言語に捕らわれすぎてはならぬと主張するときの不安の激しさであり、と同時にその正しさである。実際、何度繰り返しても十分ではないのだが、言葉を言葉として扱い払った注意は、延伸して、危険なものとなりかねないのである。少なくとも意味の遅延、短絡のようなものを記録する。普通の表現の法則によれば、言葉はそれが指し示す事柄が想起されるや素早く消え去るとされる。実際、鎖に繋がれた獣のように言葉の周りをぐるぐる回っていたのでは、話し方を習うあの第一段階に留まっていたのでは、言わねばならぬあのことよりも句読点や規則、単一性を気遣っていたのでは、際限なく言葉の重さを測っては比べなどして事柄の方へ決して移ることがないのでは、精神の威厳は失墜するとの恐怖政治家の意見に誰が賛同しないであろうか。いやさらに、誰が自ら進んで、熱烈に賛同しないであろうか（ところが、先に見たように、おそらく議論の活力はそこに由来しているのである――あたかも恐怖政治は、自らが提唱する神話への賛同を一挙に勝ち得るために、思考が縮んでその名に相応しからぬものとなりはしないかと訝《いぶか》るだけでわれわれが陥る不安を当てにしているかのように）。

　しかしながら、今、その神話よりも、われわれがそれを非難したやり方に注意してみようとする者は奇妙なことに気づくことになる。

　語の周りでものを考え、そのようにしておのれの考察を言語に従属させることに何かしらある低俗さあるいは卑俗さがあるとしても、その犯人をそう遠くまで探しに行くには及ばない。われわれ自身が先ほどまでそうだったのである。事柄にまで推し進めず、文の周りで理屈をこねるだけで満足している考察が不愉快で品位を欠くとされるべきであるとするならば、それはまさにこれまでの本書の頁が呼び覚ましたかもしれない感情である。われわれは、同じ一つの表現や決まり文句あるいは常套句が習慣的か新しいか、考え出されたのか機械的なのかによって帯びる様々な意味を――決してそのどれか一つに与することなく――追求し、その重さを試すこと以外の何をしてきたであろうか。われわれは物憂さや魅力ではなく、魅力や物憂さを指し示す言葉のみを論じてきたのである。紋切り型は、それを用いる者に、言葉や文章への気遣いを普通よりも少し多く忘れさせるものであったかもしれないが、しかしわれわれにはその同じ気遣いを普通よりも少し多く思い出させたのである。紋切り型は、望ましいとされる以上に字句偏重から自由な作者を明らかにしているのかもしれないが、望ましいとされる以上にわれわれを字句偏重に従属させたのである。われわれ自身がわれわれの追いかけていた者なのである。われわれ自身に関わっているのである。

ホーソーンが語るには、小説家はある日、登場人物が作者たる自分から逃れ、主人公（軽率にも彼はおのれをそこに描き込んだのであった）が破局へと身を投じるのを目にして、突如、自分もそこから逃れられないのを感じるという。これはほぼそのままわれわれの話でもある。われわれにその思考が言葉や文章の奴隷と映ることになるのは、もはやブールジェやカルコのではなく、われわれ自身の、ブールジェやカルコの常套句を読んでいるときのわれわれの思考なのである。

ところで、われわれは例外的な読者であった、あるいはそうあろうとした、というわけではない。否、単に普通よりも少しだけ熱心なあるいは無器用な読者であっただけなのである。われわれの指摘は、こうした場合にまさに誰の心にも浮かんでくるようなものなのである。しかも書物だけに限ったことではない。

「何だと?」と父親が息子に言う、「それじゃ、義務とはお前にとって単なる言葉でしかないのか? お前は何事にも怯まない男だ、神も悪魔も信じちゃいない……」。ところが息子の方は、困惑して、「どこからあんなことを引っ張り出してくるのだろう? そんなことが実際にあったと思っているのだろうか。自分で考え出したと信じているのだろうか。それとも嫌なことを厄介払いしているだけなのだろうか、機械的に」と。同じように、恋する男は「ぼくはあなたをずっと知っていたような気がします。どこだったでしょうか、あれは……」と言い、あるいは政治家は「民主主義の高まりゆく趨勢がわれわれに次のことを強いるのである……」などと言う。それに対して、心の定まらぬ選挙人や愛される女の方はこう反応する、「あんなことを言って何が目当てなのだろうか？　本当に信じているのだろうか？　それとも適当に繰り返しているだけなのか？　あんな大袈裟な言葉でわたしを騙せると思っているのかしら……」。

「あんな大袈裟な言葉で……」こうしてわれわれは、またあの非難に巡り合う。その源はじつにささやかである。恐怖政治家のように考えない恋人や恩知らずの息子は一人もいないのである。ただ、この場合、その錯覚がより明白なだけなのである。

投影の錯覚について

この錯覚を暴くには数語で足りる。すなわち、言葉や文章にすっかり囚われているのは常套句をつかう作者ではなくその読者なのだということである。その理由はかなり明快である。というのも、作者は――そもそも彼の選んだ自由や軽佻浮薄な生活の固有の意味がどんなものであろうとも――その意味に与したのであり、そしてその選択の勢いそのままに精神の只中に投げ入れられ、ただ思考にのみ委ねられるからである。ところが、等しく可能な二つの意味に挟まれ、躊躇し手探りしている読者にとっては、その二者択一にあって、言葉に立ち返ってそれをさらに問い直しその重さを試してみることの他に何が残されているであろうか。たとえばテニスの選手が、ボールを打ち損ねたとき、驚いて突如おのれと別のものとなったラケットを打ち眺めるのも同様である。また下手な職人は道具を、病人は自分の体をよりはっきりと意識し——しまいにはその体や道具に支配され、その虜となってしまったかのよう感じる。われわれのよく知らない言語において特にわれわれの注意をひくのは、その手段や道具、すなわち言葉である。一方、われわれが自分のものとしている言語にあっては、観念の方がわれわれの注意をひいている。しかし、常套句や紋切り型、大袈裟な言葉などは、常に二つの相反する理解を生むのであるから二重であるような奇妙な言語なのであり、われわれはそれらを自分のものとしていると同時に、自分のものとしていないのである。とすれば、わずかでも正確さを気遣う読者なら、どうしてそこで言葉や文章の強迫観念——その影響力——から逃れ得ようか。グールモンもアルバラも、ブールジェに起こったことではなく——ブールジェを読むときアルバラやグールモンに起こることをわれわれに示しているのである。マルセル・シュウォッブは新聞記者の考えではなく、新聞を読むときのマルセル・シュウォッブの考えをわれわれに明かしているのだ。そして、修辞の詞華に対する非難は、紋切り型で話しかける者ではなく話しかけられる者を、紋切り型で書く作者ではなくその読者を描き出しているのである。

物体や動物あるいは人物に、それらを見てわれわれが覚える感情をたえず返す知的メカニズムを投影〔projection〕と呼ぶことができるであろう。たとえば大理石は冷たそうだし、ウールの毛布は暖かそうだ。子供は扉に挟まれると、扉が彼を挟もうとしたと思う。大人の場合は、錯覚はいっそう顕著になる。たとえば臆病者は皆が自分を目で追っていると感じるし、エゴイストは他人の利欲を離れることこの上ない行為をも利害関係の理由をつけて納得する。恋する男は恋人の顔からその愛が輝き出ているのを見る。党員には、自らの主張に援用した然々の事実がその真理で眩く輝いているように思える。そして追加すべきは、読者とは、どんな場合でも自分が理解する通りのことをひとは言いたかったのだと思うものだということである。あとは――よく理解できず、様々な意味の間を手探りして、ついに言葉にしがみついたのなら――言語に縛られ、その虜となったかのような当惑した作者像を作り上げればよいのである。同じように、たとえばロンドンに連れて行かれた少女は、当地の子供たちがすでに英語を話せることに感心して、「なんて頑張り屋さんなのでしょう」と言う。こうした場合には、作者と読者、話す者と話しかけられる者が、言語のこちら側とあちら側に立って――つづれ織りの壁掛けを制作中の職人とその愛好家のように――お互いの姿を裏返しに見ることがある。読者が作者を言葉に囚われ、巧妙で、内容がないと思うのは、作者が言葉への配慮を十分にはしなかったからなのである。反対に、作者が紋切り型に単なる文を認め、それを避けるよう、あるいは少なくともどのような意味で使ったのかを示せる程度にそれを修正するよう導かれたならば、読者は意味へと、精神へと自由に運ばれるであろう。ブールジェが言葉だけで内容がないとグールモンに映るのは、彼が専らおのれの思考に身を委ねているにもかかわらずではなく、身を委ねているからなのである。ポール・ヴァレリーの読者のものなのである。そこでわたしは、構成や単一性、規則などは、ランボーやアポリネールの《読者のもの》なのだと思いつく。ことだ」と指摘している。確かにそうであろう、ポール・ヴァレリーは「霊感は読者のものわざ風に、作者の思考は読者の言葉、作者の言葉は読者の思考、と言えるかもしれない。

投影の奇妙な特徴は次のようである。すなわち、読者は言葉のこうした極度の現前と気遣いを、非難した文あるいは一節の源に位置させるが、実際はそれは読者の――われわれの場合にもそうであったように――努力の終わりに生じるのである。したがって、あたかも精神の目は、肉体の目と同じように、本来的に、反転した（後者では空間において、前者では時間において）対象を眺めているかのようにすべてが推移しているのである。あるいはまた、眼球を下から上に押すと、対象が直ちに下がるのが見えるのと同じように、意味から始めて自分が躓いている言葉まで探索を進めていく読者には、作者が言葉から意味に下りて行くのが見える（あるいは見えると思い込む）のである。われわれの抱いていた最も一般的な修辞家像は、おのれの思考を流し込む前に言語の組み合わせを準備し確保しておく人間を示している。

錯覚の詳細

「言葉の力」といわれるものの中には、正確な観察どころか錯覚の結果しか含まれてはいないということ、これには当初から気づけたかもしれないのである。その杜撰な投影が後に身に纏う科学的装置がどのようなものであろうと、その粗削りな形を調べてみるだけで、扱われている語が言語学者や文法学者とは違っていることに気づく。それは、ものの不在であり、拒否であり、空虚であるのだ。ハムレットが「言葉……」と、娘さんが「美辞麗句……」と、あるいは論客が「神、自由、そんなのは大袈裟な言葉だ」などと言うとき、母音と子音があり、それらが合わさり……という風に解してはならない。そうではなく、それは「神は存在しない……愛だって、なんという冗談」という意味なのである。先ほど、父の死や百万の当たり籤というような場合にはほとんど「言葉」とは言わないと指摘した。それはそうであろう、お金や家庭に反対する者は無神論者よりも稀なのだから。しかし無政府主義者がやってきて、「家庭だって、財産だって、そんなの単なる言葉だ」と言い出すことは十分考えられる。字句偏重とは常に他者の思考に対して言われるのである。ひとは、不要な想念を言葉と呼ぶのである。警官を牛と、家主を禿鷹と呼ぶように。だがこれは単なる悪口なのであって、そこから言語や世界に関する理論を引き出してみても空しいだけであろう。ベルクソンを「言述を超えた」といって称賛する哲学者が一人ならずいることは分かっている。だがしかし、まず始めにその超えられたものを言述扱いしたのでは、いったい称賛から何が残るというのか。

アルバラやシュウォッブあるいはグールモンをより注意深く再読すれば、似たような錯覚が絶えず彼らを動かし導いていることを示すのはさほど難しくはないであろう。というのも、そのときわれわれに強い印象を与えるのは彼らの調和や自信ではなく、模索であり矛盾であるからなのである（錯覚とは、つまるところ、その翻訳であり、最も単純な結果でしかない）。あたかも恐怖政治は、何を断罪するかは明確に心得ているものの、その理由については曖昧にしか分かっていないかのようなのである。グールモンは、まず常套句をつかう作家の卑劣さと怠慢を叱責しておきながら、しばらくするとその「緩慢で辛抱強いまやかし作業」に不満を述べ立てる。アルバラは、紋切り型はあらゆる作品において読者が最も容易に捉えるものであることを主張しておいて、その後ほどなく、誰でも紋切り型は機械的に読み、それと気づきさえもしないと付け加える。常套句はあるときは中性的で表現力に乏しいと考えられ、またあるときは「独特な伝達力」を持っているとされる。「反感や嫌悪感をそそる」こともあるが、その一方で、好かれ、魅了することもある。あるときは「生き生きとした強烈な感受性を明らかにしている」とされ、またあるときは無感動と執拗な抽象作用を図らずも露わにしているとされる。[1] それに、われわれ自身も日頃、ときに「そんなに無理をしないで皆と同じように話せばいいのに」と（心の内で）反論したり、その一方で「自然に話し、物をその名で呼ぶのに、苦労しているなぁ」と思ったりもするのであるから、それら相反する不平のどれ一つとしてわれわれ自身に照らして見られないものはないのである。こうして問題は、各々が、投影の錯覚による相対立する二つの姿の交差点に好きなように作り上げている――というよりもむしろ、立ち上がるに任せている――神話に関わっていることが、さらにいっそうはっきりしてくるのである。

恐怖政治には、何かしら人に阿るような有利なところがある。作家が言葉や文章に屈したと言えば、ひとは自分の方がましなような気がするものである。（「詞華や規則などでわれわれを騙すのは修辞学には好都合だろう」とそのひとは言う「しかし重要なのは……」）。何だと？　まず不満を思いつき、そしてそれを一から練り上げるのであるならば、その結果出来上がったものにいくらかの満足を覚えないわけがあろうか。彫刻家や画家もまた、われわれの感覚を逃れるもの――飛翔や疾走など――をより上手く表現するために、現実には相容れない、相継ぐ二つの姿勢、二人の人間を、一つの姿に纏めることがある。後に続く規則や法則は、おそらく子供が腹いせに扉を足蹴にする程度にしか正当化されないだろう。だがしかし、少年の足蹴に比してその結果が遥かに重大なのである。見てきた通りの様々な態度と作品がそこから生まれ出てきているのであるから。（しかしそうした結果についてはまた後にしよう。）

文学に関するわれわれの共通した感情、その感情の拠り所たる諸原理及びそれら諸原理の根拠を仔細に検討してみるだけで、次のような特異な発見をすることになる。すなわち、今日われわれが文学とそして言語自体と接し、体験し、価値を認め、さらに自身で継承できるのは、水中で折れている棒や滝の下から迫り出してくる岩のような錯視と同じくらい粗雑な誤りと錯覚の連続のせいなのだということである。そうした一連の錯覚は、文学作品を現出する透視図法や目に映るその姿が原因であるのだから錯視と呼べはしよう。しかし、ここで新たな問題が生じてくる。それは、精神の錯覚は持続し、繰り返され、無限に体系や作品を生み出していくのに対し、錯視は現れるや直ちに解消できるということである。水面下の岩が迫り出す特性に基づいた水力学など滑稽千万であろう。ところが恐怖政治は、ほぼ同じ程度に粗雑な錯覚の上に築かれているにもかかわらず、奇妙なことに、われらが文学をさらには思考までも支配しているのである。

八　恐怖政治、おのれを正当化できる

ネェ元帥の像が二つの姿勢を結び付けていることは容易に気づく。つまり、左手と両脚は、元帥がいま剣を抜こうとしているかのような位置にある。が上体は、前傾しているはずなのに逆に反っており、と同時に右腕が指揮の合図に軍刀をかかげている。この二重性から立像の生命感が生まれてくるのである。

——ロダンの言葉(一)

物理学者たちは、慣例として、自分たちの方法は厳密で厳格なものではあるが、その代わり、それによって首尾一貫した世界像を形作ることができ、そうしてわれわれは世界を理解するのだと言う。しかし、そのうえさらにその像が実物に似通ったものであるとは、彼らはほとんど信じていない。この点に関して、彼らはまず、われわれはわれわれの思考から完全に逃れることは決してできないのだが、その思考に外界のなんらかの出来事が似ていると証明するものは何もないと指摘する。次に、科学的な対象でさえわれわれの創造物なのであるから、人間が存在しなくなればおそらくそれはなくなるであろうということに注意を促す。こうして彼らは、われわれの意識の正面に、触れることのできない静まり返った宇宙の漠たる姿を描き上げることになるのである。

ここで、われわれに有利な点を指摘しておこう。常套句や観念、比喩などは——たとえどんなにわれわれには難しくあろうとも——少なくとも無縁の世界からやってくるものではない。それらは、愛や憐みの情がわれわれのものであるのと同じように、われわれのものなのである。そしてそれらについてわれわれが得る知識がそれらと完全に無縁であることもありえないのである。

ここから奇妙な結果が生じてくる。

恐怖政治が役に立つ場合

先に言語は言葉と観念が貼り合わさってできていると述べる(事を明白にする必要に迫られて)機会があった。ところでこの結びつきには、何かしら奇妙なところがあるようで、一般的な見解を揺さぶって、無数の問題を絶えず突き付けてくるのであるが、その大多数は表現の忠実さに関わるものである。すなわち言語はわれわれを裏切るものなのか、それともわれわれに仕えるものなのか、われわれの言うことのできない考えがあるのか、それとも考えられない言葉があるのか、そして言語は、予告しているように思える人間相互の一体感を正確に保障しているのかどうか等々である。こうして程なくわれわれは、言葉の起源について、また言葉が今よりもその対象により似ていた黄金時代が存在しなかったかどうかについて問うよう導かれる。これが常識が好んでもちだす問いであり、その意味で常識とは形而上学以上に形而上的なのである。

そうした問いについては触れずにおこう。だが少なくともこの忠実さへの気遣いから、分離しようとしても簡単にはできないほど言語にきつく絡みついた、いつも見られる要求が出てくる。それは、その言語は、唯一つの言葉も曖昧になることなくまた混同されることもなく、完全に役に立つという事態をひとは手に入れなければならない――しかし、手に入れればそれで十分である――という要求である。それに誰しも知るように、作家や文法学者あるいは語彙論者は、いかに些細な不明瞭さや曖昧語法であっても、これを一掃しようと熱心になり、ついにはあらゆる語にはその観念があり、あらゆる観念にはその語があるということを予め承認し、法則としてしまうのである。

その法則は、観察よりもおそらく願望に近く、また科学的というよりも倫理的な法則に近い。しかし、それはいつも見られるので、なんらかの法則を表していないとしても、それ自体が法則なのである。「われわれの考えのある一つを表しうるあらゆる異なった表現の中で、正しいものは一つしかない。話したり書いたりしていていつも出会うわけではないが、しかし、それがあるということは真実なのだ。」そうラ・ブリュイエールは言い、われわれも誰しもそう言う。あたかも問われていることは、作家や語り手には毎度正確におのれの考えを表現する言葉を見つけ出させ――また読者や《語りかけられる者》には、たとえ一瞬であろうとも、その作家のあり得る限り最も忠実な複写、像となるほどに当該の言葉を正確に理解させ、ついには、両者の間に言語がなかったかのようにすべてが推移することであるかのように。

ただそうなれば、こうした見地から恐怖政治が受け取る正しさ、少なくとも有効性は誰の目にも明らかであろう。たしかに、紋切り型をつかう作家が言葉の虜と読者に映るのはまったくの錯覚である。それにしても、こうした錯覚は紋切り型のところで決まって起こるので、いわばその続き、正規の結果のようなものなのである。それにしても、このような錯覚がその目印となるこうした紋切り型は、とりわけ読者が作者をまったく見失ってしまう言語の場所となるのである。——というのも、読者は、作家がその紋切り型の仔細を弁えてつかったのか、それともひと思いに繰り返しただけなのか分からず、故におのれの考えのみに身を委ねている作家を、語の配列に腐心している姿に思い浮かべてしまうからである。紋切り型とは無理解の場なのである。

　ところでこうした危険は、それが作り出されたのがまだ最近であり、目に見え、人間的な行為である表現が問題となっているだけに、細心の批評家にとってはなおいっそう重大なものと映るに違いない。目の前で言語が、固有の作用の——まさに反復が機能する手順の——効果によって、それを解消することが本来の目的であった不明瞭と誤解を言述の中に導き入れて、裏切りを働いているのである。いや、ことはさらに、まだわれわれの手を離れて間もない容易に訂正できる言葉、前夜の、したがってまだ完全には遂行されていない過ちに関わるのである。そういうわけで、当然、常套句は上等な言語から真っ先に追放されるべき言葉なのだということになるであろう。恐怖政治はここにおいて、忠実さへのわれわれの最初の気遣いを延長しているのであるが、そのやり方は、最初の頼み、慎ましくも一徹な願いを命令や焦燥によって——すべてを厄介払いするある種の方法によってさえも——延長していくことがあるやり方と同じなのである。少なくともその意図においては変わりはない。あとは、最も急を要するものに備えるのであるから、その手段など結局はどうでもよいのである。もし天文学者が望遠鏡の傷を月の湖であると言い張るのであれば、望遠鏡を替えられたい！　もし常套句が決まって読者を不器用な反応と疑いの中に陥れるに違いないのであれば、常套句をつかうことはきっぱりと止めにしよう。恐怖政治の手法に憤慨するどころか、われわれはおそらくその知恵を賞賛すべきなのであろう。
少々簡略にすぎ、荒っぽい知恵であることは認める。またどれでもいい理由で満足しようとする嫌いがあることも。何だって？　その理由がそもそもの目的には十分なのだからいいではないかと言うのか？　言語の光学において、紋切り型に決まって続く結果が投影の錯覚なのであるから、一番簡単なのは、この投影によって紋切り型かどうかが分かると認めることなのである。錯覚であるかどうかは、結局のところ、大して重要ではない。なぜなら望むところは、ただそれにけりをつけることなのであるから。ところで、そのようにしてわれわれが受け容れるよう——というよりも、再創造していくよう——導かれるのは、単に恐怖政治の全般的姿勢だけではなく、さらに、それなくしてはほとんど恐怖政治が効果的であるとは思えない、異なっていること、独創的であること、不在であることなどの規則や証拠までもなのである。

さらに問題を推し進めて、これらの規則が、われわれにそう見えたほど根拠のないものなのかどうか、疑ってみねばならない。

恐怖政治が本当らしくなくもない場合

紋切り型が作家の心に浮かんでくるのは、これまで見てきたように、再創造と習慣という二つの経路のいずれかに従ってでしかないことは認める（それ以外のどんな経路があろうか）。ただ問題は、作家は読み返すことがあるということ、さらにそうしたに違いないということ――こうしておのれの作品に対して読者の姿勢を取ったということである。そして、読み返すたびに、常套句の最初の了解がまだ勝ちを占めるということはあろう。しかし、再読しておのれの作品を試してみるとき、読者の感じるものとなるであろう困惑や躊躇が、少なくとも心に忍び込んでくるのを彼が感じないとしたら、それは驚くべきことであろう。というのも、つまるところ、作家とは話すこと、趣味と情念をもった存在としておのれ自身に語りかけること、そして黙している人々の趣味や情念をも表現すること、それらを仕事とする人間であるからである。要するに表現の専門家であり、この表現というものの様々なあり方や錯覚に熟達し、その特徴や不測の事態については何一つ知らぬことはなく、その要請に順応するのである。何らかの紋切り型を文章の中に残しておくとすれば、それは単なる無知からではありえず、その躊躇を彼がやり過ごす――無視するにせよ、利用するにせよ――ことにしたということなのだ。「好きなように解釈してくれていい！　それはもはやわたしの問題ではなく、彼らの問題なのだ[1]」というわけである。これが、批評家が作家に非難するのも無理もない怠慢や卑怯の姿なのである。

それゆえ、われわれの出発点となった区別にあった粗雑であまりに単純すぎる点を先に指摘しておくべきであったのかもしれない。詩や小説を読みながら、あたかもそれが自分の作品であるかのような錯覚に漠然と身を委ねてしまわぬような読者はいないのであるから、ましてや作者と読者、話しかける者と話しかけられる者とに交互になり代わりながら自分の作品を他人として読んでみること――たとえそれを嫌ったとしても――を知らぬような作家は滅多にいないのである。そうであればブールジェやカルコが、われわれのように、同じ錯覚を辿って自分たちの紋切り型に居合わせたと認めぬことなどどうしてできようか。そうなれば、言葉の奴隷となったことを元の原稿に真っ先に認めるのは彼らであろうし、たまたまそんなことは思いも寄らなかったとしても、少しでも非難されれば、批評家に劣らぬ恐怖政治家となって、真っ先にそれを認めるのもまた彼ら自身であろう。精神にはこうした投影や振り返りがよくあるものなのである。夢の中で、実際は出来事を誘発していた物音をその出来事の終わりに置いたり、また目覚めていても、ある事業を展開する中で得た明晰な成功（あるいは失敗）のヴィジョンをその事業のそもそもの始まりに設定してしまうのも、それと別様にしてではない。モーリィ〔Alfred Maury, 1817-1892〕は、寝台の枠木に首を挟まれて目を覚ますまでの間に、最後にはギロチンに連れて行かれることになる五十の挿話を夢に見た[二]。新聞の見出しに「二十フランのための殺人犯[三]」とあるのも——まるで加害者がその金額を必然的に予想していたかのようであり、場合によっては千フラン、あるいは一万フランでも満足してはならなかったかのようである。同じように、紋切り型をつかう作家は真っ先に言葉と格闘している姿におのれを見るのである。したがって、恐怖政治の不満は単に効果的であるのみならず、さらに正当で根拠のあるものと映るということになるに違いないのである。それを作り上げる者においてではなく——作り手においては明白そのものだ——それを受ける者においてそう映ると言っているのである。それほど精神にとってはおのれ自身について完全に誤ることは難しいのであって、誤りで始まれば最後にはその誤りに似てきてしまうのである。

さて、同じ指摘はあらゆる言葉の力にも当てはまる。お望みなら神話といってもよいが、少なくともそれは役に立つ神話である。というのは、階級、民主主義、秩序あるいは自由のように、意味が多岐に亘る曖昧な語は（お望みのように）つかわないようにするということ——あるいは少なくともみんなで合意してその意味を定めるということに、何ら不都合はないであろうからである。だがしかし、それはまた、いつでも真実となり得る神話でもある。セイレーンの存在を信じたからといって海上で彼女たち魔女に遭遇するわけではないが、しかし言葉の力がたちまち姿を現すためにはその力を信じるだけでまったく十分なのである。であるから、それについて最低限言い得ることは、その力はいつでも明らかだということなのである。ひとが繰り返しつかいたくなる語がある。また一方で恐れられる語がある。たとえば（平時にあっては）戦争という語は嫌がられ、むしろ国防という。平価切下げではなく、通貨調整という。議員歳費増加ではなく、生活費上昇に見合う比率と（苦しげに）いう。梅毒よりは傷みといい、傷みよりも特異疾患という。ある政党は秩序という語を、また別の政党は自由という語を避ける。こうした力の源にはある錯覚が存在しているということ、それはわたしも認める。しかし、これほどありふれ、これほど素早く功を奏する錯覚は、もはやほとんど錯覚の名に値しないであろう。

恐怖政治が真正なものとして現れる場合

誤りの重大さをいわば好き勝手に誇張しなかったかどうか、疑ってみるべき理由がもう一つある。ランプという語がランプを、また家あるいはアンタレスという語が家やアンタレス星を、それぞれ真に指すと言えるのはどのような明確な意味においてなのであろうか。単にそのとき意味していることは、それらの語に、他のどんな意味でもなくその意味を、共通の合意の上で当てているということである。アンタレスという名がついているのは、その星の性質によるということ、現実のランプとランプという語の間には文字か音による何かしら不思議な類似が存在するということ、そうした事態はおそらく望ましいことではあるだろう——また少なくともそれはわれわれの抱いている深い願望に、というより自ら気づかない願望に、ある世界観（あるいはそう考えられているもの）に応えるものであることは確かなのである。たとえば子供は「どうしてあれがアンタレスという名前だってわかるの？」と尋ねる。また言葉に自然に基づく起源を押し付ける（この子がするように）哲学者に事欠きはしない。だがしかし、この起源なるものは普通はわれわれには分からないということ、またそうした学説には危険が多いものであるということは、少なくとも認めてかからなければならない。オノマトペでさえも、はじめは何らかの証拠をもたらすもののように思えるものの、われわれを欺くことがある。完璧に恣意的な語でも、古くなってくるとオノマトペとなる。Trois muids〔「三ミュイ（容積単位）」の意〕が trémie〔「ホッパー（穀物・石炭などを蓄え必要に応じて底の口を開けて下に出す漏斗状の装置）」の意〕に変わるように。反対に、オノマトペだったものが恣意的なものとなる。pipio が pigeon〔「鳩」の意〕に変わるように。それは大体において、一つの願望に帰することのできる効率に関わることなのである。しかし、われわれの言語は——いくつかの例外を除けば——実際においては恣意的なものなのである。

それでは、ある語や言い回しの意味のあの別の部分についてどう言えばよいのかというと、それはすなわち必ず語や言語への気遣いが伴われているということなのである。それにまた、意味のあの延長、意味作用のあの詳細を——もしそれがいつも見られる錯覚による効果であり、またそれ自体もいつも見られるものであるならば——どんな権利があって拒めようか。ところで、紋切り型に規則的に現れる特徴があるとすれば、それは言葉の陰影であると確かに思われたのである。その陰影がいわれのない物憂さと名指す一種の物憂さはおそらく存在するのであろうが、それにしてもそれは言葉への何らかの暗示なしではないのである。また「従わせる習慣」にしても、習慣以上のことはほとんど何も言っていないとしても、少なくとも言語を伴ってそのことを言っているのである。言葉のある種の力がそこで働いているように見えるということは、「流行人士の軽佻浮薄な生活」の、そしてまた同様に自由や憲法あるいは正義など抽象的な言葉の、その一部を成しているのである。そこで、もしほかの事柄を認めるのであれば、この結果、この当然の陰影――少なくともそこには正当化が素描されているように思われる――をどんな権利があって拒むことができようか。これはまことに不思議な領域であり、そこでは対象がたちまちわれわれの眼差しに従い、また規則的な錯覚の方が目に見えない真理よりもいっそう真実となって現れるのである(2)。

これでもなお、恐怖政治が維持され、不可欠であることに驚く必要があろうか。そうではなかろう。もっとも基本的な要求――表現や交換に役立たないような言語とはなんであろうか。またそんなものをなお言語と称すべきであろうか――にその理論を従わせるだけで、それが効果的であることが分かるのであるから。本当らしく見えるというよりも、さらに、考えられ形作られてゆく限りにおいて、正当で真実なものであると言わねばならないであろう。であるから、その考えをもう少し徹底すれば――容赦ない方法で、力強く――、さらに正当でさらに真実なもの、ついに議論の余地のない、疑念の差し挟まれることのない真実となると結論づけることは自然なのである。こうして、恐怖政治よりもさらに精力的に、言語へのごく些細な気遣いさえも追及し、用いられることの滅多にない言い回しまでも、ごく自然な言葉までも、絶えず告発するよう導かれることになるであろう。

もう十分である。この道を進んでゆけば何に遭遇することになるかすでに分かっているのである。われわれもまた不在、反抗、際限のない窮乏へ連れて来られたのである。だが、それが完璧な交換に対して支払わねばならぬ代償であるとすれば、誰が悔やむであろうか。詩人は想う、「作品が見たところどんなに美しく、非の打ち所がないとしても、極限の正確さに比べれば、一体感の成就――たとえ一瞬、一語の間、一度きりであろうと――に比べれば、価値などない。少なくともその一閃において、わたしはきみだったのだから」と。

ということは、恐怖政治は錯覚に由来するとは言い切れないのであろうか。もちろん、そうではない。単に、われわれにとっては、精神が――正確に言えば、囚われている錯覚を正すのではなく、反対にそれを汲み尽くし、いわば徹底することによって――おのれの欠陥そのものと短所から、交換と省察の作用に最適な場を作る術に感心する一つの機会なのである。滝の下から迫り出してくるように見える（が実は迫り出してきてはいない）岩よりも、むしろここでは映写機あるいは映画の、視覚的映像が網膜上に残るように感じる錯覚の持続時間の真正な利用法を考えるべきであろう。こうして恐怖政治も、今やわれわれにとって科学よりは技巧か技術により近いものに思われるのである。

残されているのは、いま問題にしている点において、それが最も巧妙な技巧、最も効果的な技術であるかどうかを検討することである。

九　ある完遂された恐怖政治について

バルザックの用いる誇張は遊びでしかない。というのは、彼はそれに決して騙されないからだ。

——『ジュベールの手帳』(一)

　言語への行き過ぎた関心は作者と読者間の意味の短絡を示していると先に述べた。しかしその後まもなく、そうした作者と読者——話しかける者と話しかけられる者——という対置の仕方はまったく便宜的なものでしかないことに気づかされたのであった。普通の対話と誰もが心の内で続けるあの密かな対話との間には、絶対的な懸隔はないのである。作者はそれぞれおのれの読者でもあり、話しかける者はおのれから話しかけられる者でもあるのである。——したがって、恐怖政治が討議する（そしてそれなりの仕方で解決する）のは単に文学とその忠実さの問題のみではなく、あらゆる人間が自分自身と交わすコミュニケーション、すなわち内省の問題でもあるのである。

　より正確な物差し、より感度のよい秤——要するに、より規範となる厳密さを用いることは、おそらく文学が果たすべきことであろう。少なくとも文学を扼《やく》する問題は、われわれのどんな思考の中にも例外なく提出されており、また解決されることを要求しているのであるから、あらゆる問題の中で最も重大なのである。してみれば、曖昧さや不確実という危険を冒すよりは、秘儀や例外あるいは不在の中へ必死に身を投じ——残るは束の間の閃光のみという、そんな恐怖政治が、おのれの中におのれと向き合って存在しうることを誰が感じないであろうか（しかし、そうした恐怖政治もまたおそらく進歩しうるのである）。

いくつかの技術的短所について

手間取らずそのことに気づくには、恐怖政治の短所について検討してみるだけで足りる。すなわち、それが図らずも本性を現し、提示されていたものとは違った姿で現れてくる地点についてである。はじめは、純粋な文章と不純な文章とを区別するときに見せた配慮からして、恐怖政治は、分析や識別など知的細心さに必要な特徴のすべてを呈していると思われたのであった。ところが今や明らかになったのは、反対に、その簡略にすぎた総括的な性格なのである。その意味が疑わしかったり曖昧だったりすることの些かもない沢山の紋切り型がある。すなわちまさしく紋切り型として理解される紋切り型である。たとえば、誰が今さら le char de l'État〔「国家の運営」の意〕のなかに char〔「二輪戦車」の意〕を、au sein de l'assemblée〔「集会の只中で」の意〕の中に sein〔「胎内」の意〕を見分けるであろうか。それらに関しては、恐れるべき誤りも、正すべき錯覚もないのである。まさにその反対に、諺や俚諺のつかわれている所どこでも——農民同士や政党内あるいは家族内でのように——、対話者たちが表現に通じていて理解し合い、いつも言語に躓《つまず》かずに紋切り型をつかうのが見られるのである。ところが、恐怖政治は、誤解される恐れのある紋切り型一つを避けようとして、正確に理解されるであろう百の紋切り型をつかいものにならなくしてしまうのである。

同じように、たとえば小学校の先生は、いたずらをして申し出なかった悪い児童一人のためにクラス全員に居残りの罰を課す。また、花が一輪盗まれると、掲示を出して一切の花の持込みを禁じる。たしかに、調査が緊急であったり困難であったりするために、ときにはこうした措置が受け容れられてしまうことはある。だがしかし、今の場合、次のように考えない者が誰かいるであろうか。すなわち、少なくとも恐怖政治には時間は十分にあり、事は情報機関のようなものの設置も不可能ではない常時調査すべき規則的な危険に関わっており、そして常套句のあの疑わしい要素ほど前もって固定することの容易なものは何もないであろうと。だが今は触れないでおこう。

第二の短所がある。それは第一の短所に劣らず明白である。というのも、恐怖政治は進取の気性に富み、絶えず待ち伏せして、ごく些細な弱み、ごくわずかな言葉への譲歩さえも容赦なく抹殺しようと待ち構えているように、そう最初は思えたのであった。ところが正反対に、今や明らかなのは、無気力と受け身の姿勢であるようなのである。

病気の伝染を防ぐ実用的な方法がある。すなわち患者を消すか――あるいは少なくとも永久に隔離することである。また、殴り合いの際、打撃をかわす（あるいは少なくともそれを耐え忍ぶ）という方法がある。しかし、より賢明な別なやり方がある。それは被害を未然に防ぐというものである。先に打撃を加えたり、簸病あるいは結核の原因を一つひとつ分離し、取り除いたりするのである。ところが恐怖政治は、言語の病との戦いにあって、伝染病患者を処刑させる医者のような、撃たれてから傷に手を当てる残忍な戦士のような、そんなやり方をする。たしかにそれは、すでに何らかの病に罹患して意味の短絡を惹き起こしかねない表現や語を取り除こうと目を光らせる――そのようして、誤り（それは甘受する）があった後に心配し、精力を使い果たすのである。だがしかし、相手が常套句の場合は、きわめて規則的に生じる悪習なのであるから、それを防ぐ何らかの規則的な先手の措置を講ずるのもおそらく不可能ではないであろう（きわめて近い領域における例を挙げれば、文法書や辞書はそうしている。その目的は、意味や間違った言い回しを断罪するよりも――そんなことをすればどの語も憂き目に逢いかねない――それらの正しい意味を定めることであるのだから）。

劣らず顕著な第三の短所がある。それは、恐怖政治は字句にこだわり、これまでのどの修辞学よりも言語を気遣うということである。先に、恐怖政治の作家たちは――他の誰よりも字句偏重の謗《そし》りを避けようと気遣う作家なのだから――真っ先にそうした非難の的になると述べる機会があった。その理由は今や明らかである。というのは、恐怖政治は、次のような一般的な意味において、まず言語に依存しているからである。すなわちそこでの作家は、言葉のある種の状態が自由に表現することを許していることのみを言うように強いられているのである。つまり言語がまだあまり役立っていないような感情や思考の領域だけに制限されているのである。いやさらに、絶えず言葉を追跡し追い払うか、さもなくば自ら新たに作り直そうとする者ほど言葉に占領されている作家はいないと言わねばならない。いや、まだ言い足りない。言葉を再創造したことを証明し、おのれの無実の証拠を持ち寄ろうとまでするのである。ところが、そうした証拠が——たとえどんなに滑らかで精妙なものにしようとしても——それ自体、混沌と短所を晒してしまうほどに言語的性質のものなのである。言葉から逃れたことを証し立てるのもまた別の言葉なのである。それゆえ、シュルレアリスムの詩の方がソネットよりも模倣が容易なのである。こうした冒険を試みる恐怖政治の作家は、雨を避けようとして水の中に飛び込む間抜けな人間を妙に連想させもする。

ここでも、言語というこの強迫観念から、恐怖政治よりもより効果的に作家を守ってくれる技法をどうして想像しないでいられようか。蚊に抵抗する仕方として、刺されたと感じるや直ちに自ら平手打ちを喰わせるというものがある。しかしそれでは粗雑で手遅れである上に、次のような不都合があることは明らかである。すなわち、自ら蚊と同じような行動をとっている（よりいっそう強い力で）ということである。しかし先を見越した巧妙な防御法がある。沼に石油を撒くことである。蚊に刺されて熱病になるという肉体の危険よりも、精神にとってさらにいっそう危険なある錯覚に対する防御法においても、そろそろ平手打ちから石油方式へと移行してよい時期ではないであろうか。

予防的方法について

これまですでに幾度となく、その唐突で単純にすぎる反応や頑迷さ、不寛容さにおいて、恐怖政治は何らかの精神病を連想させたのであった。しかしより正確には、ある固有の一点において、おそらく神経症に似ているのである。その一点とはそれが楯にとる口実である。すなわち、隷従しているときには自由で大胆に、粗野なときには精妙に、そして無力であるときには効果的であるように上辺《うわべ》を装うのである。それは未開状態にありながら進歩という美辞を自称する文学なのだ。たとえば疑わしい動作をする手品師が、テーブルの何も起こらない側に注意を惹くのと同じである。そのように神経症もおのれの弱点を隠して、最初は違った者におのれを見せかける——その結果、症状を消そうとする者の努力は見当が外れて、かえってその病勢を強め、より一貫したものにするのに協力してしまうばかりなのである。恐怖政治を批判する者もまた、言葉の重さは圧倒的であることには同意しながらも、その主張の行き過ぎた自由と大胆さを、また道徳や社会に対するその危険性を叱責するのであるが、そのことが結果的に恐怖政治を強固なものとしてしまっているのである。ロマン主義は、おそらく、シャルル・モーラスやピエール・ラッセールなど新古典主義者たちほどに（隠れてはいるが）強力な支持者を得たことはなかったのである。

恐怖政治が最初にわれわれの前に現れたときのその様相をこれまで等閑に附してきたのは、奇妙なことである。その忘却は、おそらく、その様相があまりに明白であることに拠っていると思われる。しかしわれわれはもはやその明白さに騙されているわけにはいかない。

実際、恐怖政治は——言うまでもない当然のこととして——紋切り型は空しい、なぜなら誰でもすでに知っていてつかっているからだということをまずわれわれに思い起こさせたのであった。そしてそのすぐ後に、ふつう人は陳腐で馬鹿げたことについてほどよく理解し合えるものはないと付言したのである。常套句のように間抜けな、とひとは言う。要するに、作者はそこでおのれの愚劣さを示すだけなのである。

これに対して、諺にも驚くべきものはあり、紋切り型にも巧妙なものがあると、またある考えが一般的なものであるからといって鋭さや繊細さに欠けるというものではないと口答えするとしたら、それはあまりに容易なことであろう。さらに、明白な命題が引用されるのは、ふつう明白ではない他の命題を理解させる場合に限られると、また「火のない所に煙は立たぬ」のような陳腐な俚諺でも会話においては精妙なあるいは逆説的な無数の応用があるのだと答えることも。こんな風にして、何頁でも書き続けられるであろうが、恐怖政治の示す固有の巧妙さは、おそらくひとが最も好んで参加しようとする議論の一つ（物分かりが良いか悪いかを競うのを誰が面白がらないであろうか）を、自分の都合のいいように誘発することなのである。自分の都合のいいように、というのも今やあまりにも容易に察せられることだが、それは恐怖政治の極めて陰険な罠に嵌ることに他ならないからである。つまり、常套句は賢明であるのか馬鹿げているのか、それは分からないし、厳密にそれを知る手立ても見当たらないわけであるが、だが一点だけ確実なことがあるのである。それはそれが常套ではないことなのである。常套句というその呼び名にもかかわらず。またそう見受けられるにもかかわらず。それどころか、常套句を特徴づけている点があるとすれば――先に見た無気力から混乱までの欠点はそこに由来してもいるのであるが――、それは、それが二重あるいは四重の理解を許す、とりわけ不安定で多様な表現であり、言語と内省の怪物のようなものだということである。あらゆる虚偽に手を貸し、あらゆる防御（たとえそれが力のある言葉という神話を援用するものであれ）を正当化しながら……。しかし、おそらくここで問題となっているのは、恐怖政治にとってどんな策略や罠を用いてでも隠したいある危険な真実なのである。

少なくともわれわれはついにそれを暴いたのである。目の前にあるのは、制度化して常に行われるべき調査であり、発見すべき技術であり、分離すべき強迫観念であり——石油を撒くべき沼なのである。紋切り型は、曖昧さや混乱がついに取り除かれたその日から、文学の世界に再び市民権を取り戻すことができるであろう。ところでそのためには、件の混乱はその本性に対する疑惑から生じているのであるから、単にそれを紋切り型だと一度、決定的に認めるだけで十分なはずであろう。要するに、常套句——および共に同じ運命を辿り同じ原理に依存している規則や原則、文彩、単一性などのさらに広範な常套手段——を常套のものとするだけで十分なのである。それには精々、いくつかのリストといくばくかの注釈が必要なだけであろう。それに、最初にまず少しの善意と単なる決意が。いったい誰がそれを拒むであろうか、密かに恐怖政治を推進し、そして今も堂々と続いている了解と伝達への同じ気遣いに忠実であるならば。

　幼虫や微生物に対して有効な方法も、言葉に対しては必ずしも有効とは限らないとひとは言うかもしれない。確かにそうであろう。しかし、その相違はわれわれに有利に働くのである。蚊のいない大地を想像したからといって蚊を目にしなくなるわけではない。しかし言葉は、それに力があると思うだけでたちまち力を得たのと同じように、そう思うのを止めればおそらくその力は雲散霧消するであろう。錯覚が事実を捏造してしまうところでは、その錯覚を正せばその事実も崩れ去ろう。紋切り型は、それが厳密に共通なものであるならば、秀でて、それ自体にとり憑かれることもまたその力という強迫観念を呼び起こす恐れもついになくなる言葉なのである。予防的方法が十全に効果的である領域があるとすれば、それはまさにそれであり、おそらくそれのみであろう。

修辞学、すなわち完遂された恐怖政治

われわれの憧れる技術が――言葉の力という錯覚を一掃することによって、というよりもそれが生じないようにすることによって――詩人に脚韻の使用を、劇作家に単一性の恩恵を、すべての人に常套句の使用を返すに十分なものであるということ、それには無数の証拠が、恐怖政治の内部にさえある。

このことは以前に指摘できたことなのであろうが、恐怖政治家はあれほど素早く常套句を禁止するにもかかわらず、それを標題としては躊躇なく使用するのである。他のところではそれが恥ずべきもの、唾棄すべきものであったのと同じ程度に、逆にそこでは誇らしげに（さらには攻撃的にさえ）なっているように思われるのである。ジャン・コクトーは評論集に『白紙委任状〔*Carte blanche*〕』〔直訳は「白いカード」〕、『職業上の秘密〔*Le Secret professionnel*〕』〔直訳は「職業の秘密」〕という題をつける。ブルトンは『夜明け〔*Point du jour*〕』〔直訳は「日の点」〕や『待合室〔*Les Pas perdus*〕』〔直訳は「失われた足跡」〕と題する。アラゴンの詩集は『かがり火〔*Feu de joie*〕』〔直訳は「歓びの火」〕や『永久運動〔*Le Mouvement perpétuel*〕』〔直訳は「途絶えることのない動き」〕である。ポール・モランの詩集は『検温表〔*Feuilles de température*〕』〔直訳は「温度の紙片」〕。ドリュ・ラ・ロシェルは『戸籍〔*État civil*〕』〔直訳は「市民の状態」〕。どんな違いがあるというのか。いやそれは、いつも作家は意識して――標題として目立たせて――、紋切り型をあるがままのものとしてつかっているということなのである。ほかにも無数の使用法があることは察しがつくであろう。皮肉や強調、軽い歪曲、巧妙なずらし、声量の変化[2]などが、紋切り型の周辺に熟慮圏のようなものを用意することによって、それだけでわれわれに「行けるぞ」、騙

される恐れはない、作者と共に常套句の同じ側にいると知らせてくれるに十分なのである。たとえば「おのれの務めに深く浸透され（古典的な文章）、娘たちに対する母親としての第一の任務を果たし了せた、敬虔で見識の狭い女……(3)」あるいは「セーヌ川は、まだほぼ穏やかな流れの内に、あずま屋や小旗あるいは軍楽隊に至る前の安らぎのひと時を悲しげな面持ちで過ごしていた(4)」のように。だが今やわれわれはこのような共謀、このような快さをさらに広く、文学の全領域にまで拡げ得るということを知っている。

　このような快さ……いや、それは快さ以上のなにものか、ある長所なのである。先にわれわれは（未練や気まずさを感じないわけではなく、また言語がその義務の一つに背いているかのように思われたのであったが）ほぼあらゆる言葉は恣意的であるということを認めたことがあった。だが、そうした郷愁はまた恐怖政治がふつうに抱いているものでもあるのである。無垢で直接的な言語という、言葉が物に似ており、どの語も要請され、どの言葉も「すべての意味に通じている(5)」ような黄金時代という、そういう夢に憑かれているのである。したがって、言葉がそこでは透明なのであるから、いかなる言葉の力も忍び込む余地はあり得ないのである。それを想い起こして感動しない者がわれわれの中にいるであろうか。だがしかし、それを手に入れることができるかどうかは、われわれ次第なのである。なぜならば、いかなる常套句も――詩句も脚韻も、あるいは形式も――そうしたものと見なされるやたちまち――こうした言語に属するものとならないような、そしてまた正にこうした言葉とならないようなものはないからである。われわれには物憂さがなぜ物憂さを示すのか知ることは許されてない。しかしいわれのない物憂さがなぜ物憂さの一変種を示すのかを知るのはやさしい。すなわちそれをまずただ一語のように紋切り型として、次に一つの見解のように二つの語として解すればよいのである。またなぜ職業上の－秘密が一種の秘密であり、失われた－足跡が一つの部屋であり、日－の－点が暁であるかも同様である。目が潤む、愛が湧き上がる、道が失われるという場合でも、詩人の思考が言葉に躓《つまず》かずに、このいっそう澄んだ大気の中を想念から想念へ、情念から情念へと移ろいゆくあの驚異の状態にわれわれは投げ込まれてしまう。精神に対して無限に透明な表現となるのである。というのも、ここでもまた――神経症に見られるように――恐怖政治が名残惜しく思ったのは初め消そうとしていた感情なのである。(6)

その快さがそれほど感取でき、その恩恵がそれほど直接現れる技術が、いまだに編み出されていなかったとすれば、ひとは驚くに違いない。しかし、じつは、編み出されていたのである。それはこれまで存在してきたし、今も存在する、極めて持続性に富んだものなので、おそらく一つの規則と見なさねばなるまい。恐怖政治はその例外でしかないのである。話を戻そう。

わたしの思い描く技術は、話をしたりものを書いたりするのは自己を理解してもらうためなのだと素朴に認めるであろう。そして、言葉へのある気遣いほどこの一体感にとって厄介な障害はないと付け加えるであろう。さらに、ひとたびこの気遣いが形を成し、やがて神話として振舞い始めてからそれを責め立てることは容易ではないが、しかし逆に先手を取り、それが生まれ出るのを阻止するのは当を得ていると。言葉から逃れようとしてみたまえ、それはあなた方を追いかけてくるだろう。言葉を追いかけてみたまえ、それはあなた方から逃れ去るだろう。そこから始めて、常套句、論証そして表現の様々な文彩を引き合いに出し、詳細に記述するに至るであろう。そうなれば、作家は各々直面すべきであると恐怖政治の要求する主要な言語的困難を解決したことになろう。要するに、一つの共通の修辞学をもって、恐怖政治が孤独や苦悩のうちに援用する塵のような無数の手段や個人的な修辞学に代えたことになるであろう（これまで書いてきたことがその序文として役立ちもしよう）。

　修辞学、いいだろう。それはもはやわれわれを怯え上がらせかねない言葉ではない。技術の中でも最古のもの、中国人やインド人は文学からそれが消える日が来ようなどとは思いも寄らなかったものを心に描き記述するまでになるのに、われわれにはこれほどの努力が必要であったとしても、その咎はわれわれにではなく、ひとり恐怖政治に、そしてそれが事態（教科から追い出されるまでに）と語（誇張されたや言葉だけの同義語とされるまでに）に対して投げかけた信用失墜にあるのである。

　だが今やわれわれは恐怖政治を超えたのである。いやさらに、それを完遂したのである。その奇矯な振舞いやタブー、狡知等を推し進めて、一つの古くからの悦ばしき人文学の内に融合したのであるから。ケルヴィン卿〔Lord Kelvin, 1824-1907〕は、自分の実験室において再現できるだけのものしか自然の出来事と認めなかった。愚言集から修辞学への、また恐怖政治から維持派へのこの移行という文学における一大事があったのもまた、われわれの実験室においてなのである。ことは単に文学史のみに関わっているのではない。

　古来の王道を再び見出すのに、これほどの小径や藪を通り抜けねばならぬものだったのかどうか、それはわたしには分からない。わたしには必要だったとしか言いようがない（わたしも結局のところ恐怖政治家であったと、どうしてここで告白せずにいられようか）。誰もが知り得たことをこれほどまでの努力を払って発見するというのは、まことに特異な状況ではある。特異ではあるが、不愉快ではない。

無邪気なフェーヴル(二)は、家庭の歓びが次第に減じてゆくのをつまらなく思っていたが、もう一度それを蘇らせようとして屋根を伝って自分の部屋に戻ってみたのだった。われわれもまた、屋根を少なからず伝ったのである。

そうはいうものの、わたしにも誇張することがあったかもしれない。結局、修辞学は存続することを一度も止めていないのである。——何しろ恐怖政治が断罪することを一度も止めていないのであるから。また、繊細な形態はシレプスや代換法をもって消滅したが、常套句、主題あるいは構成はわれわれにとって意味を欠いた言葉ではないのである。というより、恐怖政治はここでもまた神経症のように振舞っていると言えよう。——たしかにそれを病む患者は良き夫、良き市民ではいられるが、何らかの深い欠落がなくはなく、その生はある密かな結晶化の跡を深く残し、それが無傷の部分をも浸潤しようと絶えず窺っていなくはない。同じように、恐怖政治も定型詩や物語の幸せを妨げはしない。悦びや偉大さをまったく封じ込めてしまうわけでもない。ただ、その被害者に何らかの疚しい心と騙されてはいないかというあの疑心暗鬼を芽生えさせ、そしてそのことが騙されたことになる者を生んでしまう。しかし今やわれわれは解放されたのである。

十　文学の意義を逆転させる装置

人間は湿った小刀である。毎日、刃と柄を拭かないと遠からず錆びてしまう。
——バラ族(一)の諺

わたしは恐怖政治家の方法を、その厳密さを少しも損なわずに、改善しようと試みてきた。だが結局のところ、それを研ぎ澄まし鋭利にする代わりに、作者と読者、話しかける者と話しかけられる者に同時に平行して適用することによって、わたしはいわばそれを二分割したのである。

こうした手法の危険は予め推測することができたであろう。というのは、そのようにすると対象が散り散りになるし、常套句は、相対立する両方の姿を取り得るのであってみれば、それ自体として捉え難くなってしまうからである。その真実はわれわれの手を逃れてしまい、したがってこれからは科学で認識するというよりも、技術と技巧でそれを作り、それに単一の性質を維持させることが問題となるのである。

しかし、それは不可避的な（と思われる）短所なのであって、減じることが望めないとなれば、あとは折り合いをつけるより他にほぼ手はない。ともかくこれまで見てきたように、その技術は不思議な恩恵をもたらし、また一方で重い範例を課すこととなるが、作家はそれに学んでわれわれのために楽園の言語を作り直さねばならないのである。残るは、その技術をより確かなものとし、いくつかの保証をもってそれを守ることである。

批評家と象

ボードレールは、もし風変わりな作家がその奇矯さを脱ぎ捨てたい（あるいは少なくとも目立たぬものにしたい）なら、それに固執し、徹するよう勧めている。われわれもそうしたのである。恐怖政治に徹して、修辞学を発見したのである。

たしかにそれは、普通その言葉で意味するものとは異なった修辞学ではある。しかし、一般にそれについて抱かれている錯覚が容易く解消されないほどに異なっているわけではない。先見の明のある市長が滝つぼの前に手摺りをめぐらすと、旅行者は、自分の自由が侵害されたような気持ちになるかもしれない。もちろん旅行者は思い違いをしている。もしどうしてもそうしたいなら、少しばかりの活力があれば転落できよう。ともかくその手すりのお蔭で、滝つぼに近づき、その隅々まで眺めることができるのである。修辞学についても同様である。遠くから見れば、その規則で作家の書く手を導こうとしている――いずれにせよ、作家がおのれの心の嵐に身を任そうとするのを引き留めているような、そんな印象を持つかもしれない。だが実際は逆に、修辞学のお蔭で、言語装置との混同から解放されたその嵐に存分に身を委ねることができるのである。
もっと早く、またこれほどもったいぶらずに、そのことに気づくことができたかもしれない。

恐怖政治の特徴で、もはやわれわれを驚かすはずのないものが一つある。その批評の短所がそれである。形式や単一性、常套句などが唾棄すべきものとされ、一方、尊敬に値する作品はただ人を驚かし戸惑わせるもののみとされるや、批評家には、讃嘆の念を表明しようとするときに一つの手立てしか残されていないことになる。驚き、戸惑い、狼狽したことを自ら認め、実際そうなり、そして憤ることがそれである。サント・ブーヴやブリュンチエール、ルメートルやファゲの誤りが、彼らが各々その理論に従ってバルザック、ボードレール、ネルヴァルあるいはゾラに表する唯一の敬意なのである。彼らは礼を失することはなかった。

ファーブルは、コガネムシが卵を中に閉じ込める玉を捏ねる熱心さを描写した後で、面白いことに次のように言い添えている。すなわち、この昆虫の諸器官はまったくそれとは別の行動に適しているように見え、当然のことながら練ったり捏ねたりするほど下手なことは何もないのだと。「ふと思い浮かんだのは」と彼は言う、「レース編みをつくろうとしている象の図である」。批評家についても同じなのである。彼らの作り上げたものはどれも巧妙でありもっともらしいことは認める。だが彼らの用いる理論が次第にそれらを崩し、内部から浸食して、ついには真正な作品を前にして、不確かであるということと矛盾しているということ以外にはなんの証言も残さないことになる。なんと、彼らはそのことを密かに望んだのである。象となることを選んだのである。

こうした密かな彼らのやり方の中には、かなり明白な矛盾を早くに知らせてくれたはずの点が一つある。というのは、彼らは新しさを要求しているからである。結構なことだ（そもそも文学の役割は、人間と世界に関して、科学の手の届かない部分をわれわれに明らかにすることだとしてよかろう）。ところが彼らは、人間の情念や本能について、文体についてまでも、また比喩についても、何でもかんでも新しさを要求するのであり、となると事情は違ってくるのである。こうした要求の一つだけならまだしも受け容れられようが、じつに驚くべきことに、それらをすべて一度に新しくしようというのである。というのも、その一つが満たされるのは他を断念するという条件付きであるからである。小説の主題が新しいものとして現れてくるためには、それを織りなす言語が特異でなく注意を惹かないものでなければならない[1]。比喩が思いがけなく感じられるためには、引き合いに出される二つのものがわれわれに馴染みがなければならない。飛翔する馬を見て感動するとしたら、馬と翼について馴染みの概念を、常套句のようなものをすでに抱いているからなのである。もし馬というものがわれわれにとってあらゆる点で驚くべきものであるなら、走らずに飛んだからといってさらに驚くことはないであろう。うぶな作者は訊ねる、「あなた方はわたしに新しい理想というものを期待しておられる。ならば、それをどんな人間に託したらよいか教えてください。――いや、われわれはまた新しいタイプの人間が欲しいのです。――結構です。では、どのような情念を持たせればよいのでしょうか。――それはぁ、前代未聞の情であって悪いことはないでしょうね。――では、どのような本能の持ち主とすれば？――それも同時に発見するのを忘れないでください。――それは少なくとも真実なもの、一般的なものでないといけないでしょうか。――いや、そんなことはありませんよ。人間の過ちや幻想、狂気なども真実に劣らず良いものです。――では、もし常識に従うようなことになったとしたら？――やむを得なければ、新しい文体があれば十分でしょう。――ということはつまり、あなた方がこだわっているのは、文体や本能、情熱などではなく、これまでと違っているということなのですね。どのような違いでも良いのです。つまり、あなた方は世界や人間を知りたいのではなく、忘れ去りたいのです」。

しかし、こうした奇妙な要求とそれに続く混乱を解く鍵を今やわれわれは握っている。恐怖政治の求めているのは作家が創意に富み、異色で独特なことであるよりもむしろ――異色であるにもかかわらず、自らを表現し、理解されるということなのである。ところで、表現の成功は作者が特異であればあるほど難しく――したがってそれだけ値打ちのあるものとなるであろう。このようにして、恐怖政治時代における文学は――しばしばスポーツ界において奇形の優勝者やX脚の走者、肺病の自転車競争選手などを応援しているように思われることがあるのと同じように――狂気の詩人や非常識な論理学者、インク壺から出てくる大なり小なりの悪魔を、呼び求めるまではしないにしても、好んで受け容れるようになるのである。

しかしながらわたしは脅迫観念がこれを限りに祓われ、言語が引き受けられたと――愚言集の代わりに修辞学が、恐怖政治の代わりに維持派が後に続くと思い描いてみる。そのときこそ、恐怖政治家がその戯画しか提供してこなかった要請がついに滞りなく叶うのである。また批評家が象ではなくなれるのである。もし打ち明け話を聞きたいと思うなら、わたしはそれが驚くべき言葉でなされるよう求めはしない。そうではなくて、ごく単純な言葉で足りるのである。文学についても同様である。もし独創性がある人物の解明でしかないはずなら、容認済みの主題や概念を選ぶことによってこそすべてが得られる。二人の人間が対談の中で同一の言語を使えば、個性は失われるのでなく明らかにされ、いわば産み落とされるように、決まった形式と共通の主題によって表現する二人の作家についても同じことが言えるのである。(二)

その名を明かさぬ修辞学

われわれはこれまで恐怖政治を些か中傷しなかったかどうか正直に自問してみるべきであったかもしれない。結局のところ反抗も不在も、怪物も狂乱も必ずしも恐怖政治のものとは限らないし——また霊感を考え出したのは昨日今日のことではないのである。バイロンが熱狂的であるとしても、パスカルもまた劣らずそうなのである。ジャムが不在であるとしても、ラ・フォンテーヌが取り憑かれることもある。『ル・シッド』は『リュイ・ブラス』よりも、『バジャゼ』は『ナッチェーズ族』よりも異国風なのだ。ラシーヌは、ヴィクトル・ユゴーが売春婦を登場させるのと同じように好んで王女を登場させる。ところで、売春婦よりも王女の方が珍しいのである。コルネイユとボワローが追及するのは(彼らの言うところによれば)、例外的なもの、決して言われたことのなかったもの、驚くべきもののみなのである。フェヌロンはジョイスに劣らずその言葉と喧嘩している。ともかくわれわれは、問いを誠実に立てるならば——そうすれば、おそらくその問いを立てることはもう二度とないにちがいないのだが——文学が恐怖政治と維持派を通していつの時代も同じ選択、同じ嗜好を持ち続けていないかどうか疑ってみるべきであったであろう。しかし、その問題に対してもわれわれは今や答えることができる。

　それはおおよそ、新しさというものはコルネイユやボワローにとってはなくても済むものであるのに対し、ボードレールやヴィクトル・ユゴーにとっては、単に自己表現するにも必要不可欠なのだということである。一方は「わたしは改良したものよりも新しきものをあえて試してみるのだ」と言う。だが他方は「サプライズのない芸術はない」と言うのである。コルネイユは自由に新しくも、さらに風変わりにさえもなれる——というのは、修辞学によって彼の前には紋切り型と逆説とが対等の位置におかれているからである。だがボードレールはそうではない、逆説のみがひとり意味と品位とを彼に与えるのであるから。ネルヴァルは首を吊らねばならないし、ヘルダーリンは気が狂わねばならないのである。他についても同様である。熱狂はパスカルにとっては偶発事だが、バイロンにとっては使命だからである。またヴィクトル・ユゴーの売春婦は原理宣言に通じているのであり、主張を担うものである。ところがラシーヌにあって王女は単なる常套手段でしかなく、諸々の情念がそこで何の拘束もなく自由に動く。一方は売春婦であるからであり、他方は王女であるけれどもなのである。また個性的な文体も、ラ・ブリュイエールやマリヴォーにとっては数ある長所の一つでしかない——それも嗜好や構成、真実への気遣いなどには比肩すべくもない——が、しかしシュウォッブやグールモンには、彼ら自身の告白によれば、他の長所の根拠そのもの、その源泉である。テラメーヌ（三）という怪人物はワニのように興味深いが、シュルレアリスムの怪物は一つの証明のようにまったく退屈である。

　このような特徴と相違をさらに明確に言い表すならば、修辞学は熱狂や新しさの中に作家の扱う出来事の一つだけを見ているのに対し、恐怖政治は、他の出来事を表す手段そのものとその形を見出しているのである。さらに作品の文柱、表現の方式——こう言った方がよければ、（語の普通の意味における）レトリック——が維持派にあっては哺乳類の骨格のごとく隠されているが、恐怖政治にあっては甲殻類の甲羅のように明らかであるとも言えるであろう。そうしたものをテオフィル・ゴーチエはロブスターのように外側に付けている。だがラシーヌは牡牛のように内側に持する。古典主義の作品は出来事や情念について事柄そのものを自由にわれわれに提供する。だがロマン主義の作品は、意見や手段を、つまり文学を交えてしかそれらを示さない。修辞家はひとたび言葉の分け前を決めるや、あとは自由に愛や恐れについて、また隷従や自由について語る。しかし恐怖政治家は、恐れや愛、自由などに、言語と表現に対する絶えざる気遣いを混ぜないではいられないのである。たとえば揺れる城や闇の中の光、亡霊、夢などはロマン派一派にとって——さらにシュルレアリスムがそれに再び力と命を与えたところであるが——脚韻や三単一の法則などと同じような単なる約束事でしかない。しかしそれらは、誰でも夢とまた城と受け取らないでは済まされない約束事である。それに対し、三単一の法則を見たと思う者などいない。売春婦は本物の売春婦に似ているし、乞食は本物の乞食に似ているのだ。これが恐怖政治ならどのようなものであれ作家に強いている嘘なのである。そこでは言語の占めるスペースがより少ないわけではないにもかかわらず、それを偽《いつわ》り、自分が言語であることを認めないのである。文学の各流派が今日、約束事や字句偏重のことで敵対する流派をどれほど厳しく非難していたかを見て、われわれは驚いたのであった。しかし、さらにいっそう驚くべきことに、そのどれもが正しいのである。

　そこで恐怖政治には、正確に理解されるために、修辞学に比べてより老練で、より阿る批評家が——作者の助手となり、事柄そのものに至るためならば数多の足場を組んで回廊を通り抜けることを厭わない読者が、必要となる。ところがその務めは必ずしも容易ではない。不愉快とさえ思われかねない。「怪物ならあなたのお好みのものを何でも見せてくれたまえ。だが舞台裏に案内してもらうのはごめんだね」とシャンフォールが言うと、恐怖政治家は「今そこにお連れしてます」と言い返す。そういうわけで、読者や批評家は、舞台裏というものが実直な観客に与えるのと同じ煙《けむ》に巻かれたような思いを抱くことになるのである。ブリュンチエールがまずボードレールに、ルメートルがマラルメに、フランスがヴェルレーヌに、サルセー〔Francisque Sarcey, 1827-1899〕がバレスにそしてスーデーがジュール・ロマンに非難するのも、悪ふざけをする人だという点なのである。そういうわけでまた恐怖政治家は、維持派と比べておそらくいっそう狂信的――というのはさらにいっそう深く掛りあわねばならないからだが――ではあるが、より少数の読者しか見出せないことにもなる。『見出されし時』から『ユリシーズ』へ、『ユリシーズ』から『タペストリー』[四]へそして『タペストリー』から『贋金つかい』へと読み進む者は、主題や雰囲気を替えるのではなく、ものの見方そのものと詩学を（苦痛を伴いながら）替えねばならないのである。

しかしながらまた同時に、ヴォルテールの悲劇やマレルブのオードよりもさらに厳密な規則に従う唯一のジャンルが今日勝ち誇り、世界を覆っているのが認められる。わたしの考えているのは、心の次元では夢や夢想、予感などを、人物の選択では形而上学者や神秘学者、秘密結社の一員、インド人、中国人、マレー人、双生児などを、解釈では神話や暗示、象徴などを、文彩では隠喩や省略法などをそれぞれ自らに禁じて編まれ、そして第一章からしてその構成要素のすべて――人物、場所、物体など――が出揃いながら、厳密極まる展開を経て、最後の頁に至ってやっと問題が解決するあの種の小説のことである。

探偵小説が差し伸べてくれている和解の下絵を、今やわれわれは文学全体に押し広げる術を心得ている。

表現の一法則について

維持派は恐怖政治よりも（また修辞学は愚言集よりも）いっそう効果的であると述べた。だがさらにいっそう真実でもあるのである。というのは、恐怖政治家は欺かれざるを得ないからなのである。彼は、じつは言葉のつまらぬ利点を調節しているだけなのに、世界と人間を再び作り上げているのだと考えねばならないのである。職人となり細心な技巧家となればなるほど、ますます自分は形而上学者であり将軍であり法王なのだと思い込まねばならなくなる。こうして絶えず誤り、いつも自分の企ての意味と性質について勘違いをしながら、言葉を物だとそして物を言葉だと思い続けるのである。だが、今やわれわれはその両方の誤りを回避させてくれるものを手にしている。

それはまず、修道僧（や唖者）にとって自分の訛りや羞恥心が消え去るのを目にするには、より積極的に話をし、自分の言葉遣いを受け容れるだけで足りるのだということである。あるいは空腹を例により分かり易く言えば、跳びつく動きさえあれば、どんなに大味であっても美味に、食べ飽きていても新鮮で新たなものに感じられるということである。もしわれわれの実験に何らかの意味があるとすれば、それは、われわれが紋切り型に非難する――この上なく賢明なことなのだが――短所は、非難するのを止めるや存在しなくなるということを示している。要するに、恐怖政治は観察というよりもむしろ行動姿勢なのである――そして恐怖政治が常套句を追放するのはそれが嫌悪すべきものだからではなく、追放するからこそ嫌悪すべきものになるのである――あたかも言語の純粋な観察などあり得ないのであり、言語に近づくわれわれの動きが鏡によって言語（と文学）内に反映された姿をわれわれはいつも観察しているにすぎないかのようなのである。同じように、われわれが友に愛着を覚え、また友が愛情深く感じられるのは、われわれが友の面倒をみるからであり、その逆ではない。また、女性を（あるいは庭園を、学校を）愛すべきものにする最も確かな方法は、自分から愛することだと言われるのも同様なのである。泥棒を正直にするにはまず信頼してやることだと言われるのも。だが、われわれの実験に比べれば疑わしいこうした例を幾つも引き合いに出す必要があるであろうか。

われわれの実験は、相継いでその両面において試みられた。そしてあるときは、字句偏重を恐れ逃れるだけで作家は自らその弊害の只中に堕ち入ってしまうことを――そう思うだけで危険に瀕する振戦《しんせん》や不安、空気嚥下症などの病と同様、あたかも疑惑を抱くだけで何がしかの脅威に晒されてしまうかのように――、またあるときは、恐怖政治が漠然と憧れているあの穢れなき接触やあれらの生まれたての意味などの利点のすべては、怖れるがゆえに面前で揺れている亡霊にあえてこちらから襲いかかれば、じつはわれわれを待ち受けているのだということを発見したのである。たしかに、文学はそれが文学的であるならば、小説はそれが小説的であるならば、劇はそれが劇的であるならば、われわれを困惑させるようにできている。しかし、この困惑を回転させわれわれに有利に働くようにする方法がある。それはすなわち、劇をもう少し劇的に、小説を激しく小説的に、そして一般に文学をより文学的にすることである。[2] それには一跳びするだけで十分なのである。一度和解し一度承知すれば十分なのである。

その和解の原則をより明確に決定しようとするとき、わたしにはまず恐怖政治家は衝突するが、かたや維持派はそれに従う、何らかの言語の法則のようなものが思い浮かぶ。それゆえその法則は、お返しとして後者には大いに尽くし、最初の限界を突破させるのに対し、前者は撥ねつけることになるのである。欲する者はこれを教え導き、欲せざる者はこれを無理に引き摺り去る。しかし、われわれの上首尾の詳細を想い起こしてみる必要がある。


いかなる語においても、それを物質の部分と精神の部分という二つの要素に区別して然るべきであると先に述べた。ところで、常套句（それは、形式、規則そして単一性の有するすべての特徴を少ない分量で示している）が文学に関して決定的に重要であると思われた表現法であるのは、そこでは思考が一気に支配的となり、言語であることを忘れさせるほど勝ち誇るからなのである。「たとえあの人が死んだとしても……あなたが憎い訳ではない……逸楽的な物憂さ……戦争は戦争だ……。」文学的であろうと月並みであろうと、常套句とは、現れるやたちまちわれわれの精神を魅了する言語の出来事なのである。それは無数のさまざまな意味を招き、しかもそれらの意味は次第に深まりゆく。それほどにその中の精神の部分は言葉や物質の部分に比べて計り知れないほど大きいのであり、言語への隷従から一瞬、逃れるように思え、われわれもまた共に逃れ去るのである。おそらくそれゆえわれわれの記憶に深く刻印されるのである、勝利の印として。

ところでわれわれの発見したことは、紋切り型は——敗北や卑劣の印になど決してならぬために——

絶えず考察され、再検討され、埃を払われる必要があるということに尽きる。あたかもあの意味の過剰に対しては言葉の過剰をもって、あの精神の過剰に対しては物質の過剰をもって応じねばならないかのように。[3] 恐怖政治家の誤りは天使主義とでも名付けられよう。そこにおいては表現が思考に限られているからである。だが修辞学にはむしろ均衡と維持を気遣う姿が見える。『風景論』[4]は詩人を「足を組んで座り、筆を執る前にしばらく精妙と遠隔の感を心の内に養う」よう誘っている。加えて魂の内に代償の感を養われたい。というのもあらゆる想念は相応の言葉で、またあらゆる思考は相応の言語で購われるからである。あたかも物質を維持しようとする忍耐によって精神の報酬が得られるかのように。

夫婦が一生に亘って節義を約さねばならなくなるとは、何と耐え難い束縛であろう。だが、恋人同士が自由に激しく求めたのは、まさしく一生の約束を交わすことだったのである。修辞学についても同様である。一見したところ、それは耐え難く冷たい鎖のように思われるかもしれない。しかし、最初の約束の新鮮な歓びをいつでもその中に再発見できるかどうかはわれわれ次第なのである。そこにおいて精神は肉体を持つことを受け容れ、そしてそれを歓び、またこの危険な行為からこそあらゆる気品が、さらにはその発見と交換の威厳がいつでも訪れることを認めるのである。

タルブ市の庭園の入り口に、次のような新たな掲示が出された。

花を手にせず
公園に入ることを

禁ずる

結局のところ、それは巧妙な対策だった。というのも、散策者たちは自分たちの花をすでに大いに持て余していたので、他の花を摘み取ろうなどとは思いも寄らなかったからである。

ところが程なく起こったのは……

誰もが知っていることが起こったのである。「恐怖政治の光学」あるいはむしろその「遠近法」というものをこの辺で止めにすることがおそらくわれわれには許されるであろう。それは、つまるところ、われわれの時代に相応しく、われわれの日常の考えに応ずるものである。だが、修辞学を、まるでわれわれが今しがた発明したかのように扱うのでは十分ではありえない。それはこれまでも存在したのである。あまりにも存在しすぎたのである。それゆえ周知のように、さほど昔の話ではないが、忌まわしく感じられてしまい、然るべき作家にとっては鎖に繋いで腐るに任せる以外にとるべき手立てがなくなってしまったのである。

この趣旨で調査を進め、維持派の中にあって息が詰まり、おのれの窒息の原因を、その原因の理由を、そしてその理由の展望を辛抱強く識別する――つまり本書においてこれまで築こうとしてきた方法を修辞学の作用に適用する——者は、思わぬ発見に導かれ、その方法とおのれの思考それ自体を根本から変え、いわば（その厳密さを些かも減ずることなしに）逆にせねばならなくなる。この変容とこの反転との中に、世論や神話、詩人たちが漠然と告げていた神秘の明確な形象を認めねばならないのである。それは、本書に続くいくつかの小著[五]において扱われることになろう。

いや、この研究に着手したとき論じようとしていたのはこのような諸問題ではない。ところがその後、そのような諸問題の不意を衝く代わりに、わたしがそれらに不意を衝かれ、また（こういう言い方ができるなら）それらの問題を扱う代わりにそれらに扱われるということが起こったのである。同じように、何気なく目にしているときには見えるが、目を凝らすと見えなくなる薄明りや、注意しながらではできない動作がある（ある星を見たり、腕を完全に伸ばしたりするように）。とにかくわたしは何も言わなかったことにしておこう。

原注

一　未開状態の文学

（1）Cf. Jouffroy (*Pensées*), Edmond Jaloux (*Nouvelles littéraires*, 7 septembre 1929) et André Maurois (*Bravo*, 17 janv. 1930). ヴィクトル・ユゴーは「なぜ完璧なものは偉大なものではないのか」と問うていた（『わが生涯の後記〔*Post-scriptum de ma vie*〕』）。

（2）Cf. Anatole France, *L'Anneau d'améthyste*.〔Calmann-Lévy, 1923; 1948, p. 401〕

二　貧しさと空腹

（1）もちろん演劇の話である。

（2）良い感情とは一般的なものであると認められている、あるいは少なくとも認めている振りをしている感情であるから。

（3）『自由語〔*Mot en liberté*〕』一派がそれである。そのリーダーはマリネッティ。

（4）「作家には自分でつくった言葉をつかう権利がある。作家は表現するのであって、伝達するのではない。」（ジョルジョ・ペロルソン、ウジェーヌ・ジョラス、カミーユ・シュヴェルらによる『トランジション〔*Transition*〕』宣言）

（5）　もちろんエミール・ゾラである〔*Roman naturaliste*, Charpentier, p. 36〕。

三　言葉は恐ろしい

（1）　少なくとも問題のこうした情報が変わらないために同一言語内に留まるという利益——言葉や文章を取り扱うことになるとすぐに現れてくる利益——がないならば、わたしはクルチウスやフォスターあるいはセッチらも引用するであろう。

（2）　グールモンは言っている、書くとは「共通な言語の中で特殊で独自な方言を話す」ことである（『観念の修養〔*La Culture des idées*〕』）。アルバラのやり方はさらに奇妙である。まずこう指摘する、「万人向けの陳腐な文体、その特徴のない、すり減った表現が誰にでも役立つ紋切り型の文体がある。こうした文体で書いてはならないのだ」。そして付け加える、「ところで、陳腐な文体があるならば独自な文体もあるはずである。独自性は陳腐さの対極にあるのであるから」（『ものの書き方〔*L'Art d'écrire*〕』）。

（3）　*Propos de table.*〔*Specimens of the Table Talk of the late Samuel Taylor Coleridge*, 2 vol., Londres, John Murray, 1836, § 367〕

（4）　Cf. notamment *L'Art d'écrire*, p. 76, 89.

（5）　*Esthétique de la langue française*, p. 308 sqq.

（6）　Paul Léautaud, *Journal littéraire.*〔Mercure de France, 1954, t. I, p. 26, 23 Février [1899]; 1986, t. I, p. 26〕

（7）　*L'Art d'écrire*, p. 76.

（8）　*Esthétique de la langue française*, p. 309.

（9）　*Ibid.*, p. 308.

（10）　*Ibid.*, p. 302.

（11）　*Ibid.*, p. 310.

（12）　*Ibid.*, p. 332.

（13）　*Le Problème du style*, p. 48.

(14) Marcel Proust, « Préface » à Paul Morand, *Tendres Stocks*, Éditions de la NRF, 1921, p. 18.
(15) Pierre Lasserre, « M. Paul Claudel et le “claudélisme” », *Les Chapelles littéraires*, Librairie Garnier frères, 1920, p. 1-69.
(16) Pierre Lièvre, « Moréas », dans: *Esquisses critiques*, 2e série, Le Divan, 1924, p. 161.
(17) Paul Valéry, « Notes sur Stendhal », *Commerce*, Cahier XI, printemps, MCMXXVII, p. 5-69.
(18) Charles Maurras, *Lorsque Hugo eut les cent ans*. *Indications*, chez Mme Lesage, 1927, p. 32.
(19) *La Jeunesse d'un clerc*.〔Gallimard, 1936, p. 70. 初出は以下の通り。*La NRF*, vol. 47, 1936, p. 462〕
(20) Jean Prévost, « Romains, conteur populaire », *Les Nouvelles littéraires*, 5e année, n° 203, 4 septembre 1926, p. 3.
(21) Préface des *Odes et ballades*.〔préface datée «*octobre 1826*» dans *Odes et ballades*, H. Bossange, 1828, p. XL ; le recueil est d'abord paru en trois volumes, en juin 1822〕
(22) 「ここからは、とりわけある奇妙な困惑の事態が生じる。すなわち、ひとりのブルジョワ青年を文学に導こうとする者は大胆な発明者たること、学校で習ったことなど無視することを勧める。しかし農夫や労働者に対してはどうするのであろうか。一度も学んだことのないことを忘れるよう助言することになろう。」
(23) Cf. *Esthétique de la langue française*, p. 303.
(24) Max Jacob, *Art poétique*, chez Émile-Paul frères, 1922, p. 24.
(25) *Esthétique de la langue française*, p. 322. なお、『観念の修養〔*Culture des idées*〕』四頁にこうもある、「もし二つの文学が存在しないのならば、直ちにすべてのフランス人作家の喉を掻き切らねばならないであろう」。この「二つの文学」という区別には大した意味がないことはご承知の通りである。

四　恐怖政治の詳細

(1) 『辞書〔*Dictionnaire*〕』、「語」の項〔Charles Maurras, *Dictionnaire politique et critique*, établi par les soins de Pierre Chardon, Cité des Livres, 1932-1934, t. III, p. 122, article « *mot* »〕。
(2) 『世紀の運命〔*Destin du siècle*〕』〔Jean-Richard Bloch, *Destin du siècle*, Éditions Rieder, 1931, p. 149〕。
(3) シャルル・デュ・ボス〔*Journal*, Buchet-Chastel, 2005, t. 3, « *La Celle-Saint-Cloud / Bibliothèque de la Petite Châtaigneraie*

/*Samedi 30 juillet 1938 10 h. 30 matin* », p. 862〕。

（4）　ガブリエル・マルセル。

（5）　わたしが思っているのは、有名な川のくだりよりも次の箇所である。「氷に閉じ籠められる危険に脅かされた船の周りでは人々が絶えず氷の固い輪を打ち砕くのに忙しくするように、それと同じくわれわれはそれぞれに、いつでも心の中で出来上がって形を成そうとしている鋳型を打ち壊すことに専念せねばならない。」（*Nouveaux lundis*, VII, Michel Lévy frères, 1872, p. 50）

（6）　この「言葉嫌い」に関しては、他のより著しい効果を示しておくことはわけもないことであろう。われわれの時代の主要な発見は《大袈裟な言葉》――グールモンが歯に衣着せず「泥を塗る」よう言ったあれらの大袈裟な言葉――のある素朴な期待に異を唱えているのである。マルクスやフロイト、ソレルあるいはゴビノー（彼らだけに留めておくが）はまず、自由や平等、権利、愛と、また家具や盗み、ボールとさえも口にする者は――夢はここでは別種の言語でしかないのであるから――、考えているように見えることを完全に考えているのではないことを明らかにしようとする。それほど言語に対する基本的な反応はある時代の関心事を、まるで無関係な探究に至るまで、扼しているのである。

五　読者が作者を裏返しに見る

（1）　Ch. Plisnier, *Monde*, 7 mai 1929.〔Ch. Plisnier, « La Fin de l'éternel », Monde, 2e année, n° 49, samedi 11 mai 1929, p. 3〕

六　恐怖政治の短所へ

（1）　楽しませるため、教えるために誰かに話しかけるのと、その人に命じること、圧力をかけること、一言でいえば動かすこととは実際にまるで違う。その差は、自動詞による話し方と他動詞による話し方の相違と言ってもいいであろう。

（2）　Henry Bordeaux, *Les Roquevillard*.〔Plon-Nourrit et Cie, 1906, p. 221〕

（3）　Belette：小さな美女。

（4）　ノディエは「常套句となった文彩はもはや適切な語の冷ややかな同義語でしかない」と述べていた（*Dictionnaire des onomatopées*）〔*Dictionnaire raisonné des onomatopées françaises*, seconde édition, Delangle frères, 1828, p. 146〕）。

（5）　同じように、自分の若かりし頃の作品を読み返してみる作家は、決まって技巧的で言葉に頼りすぎていることに驚く。しかし、それを書いていたときは反対に、自然のままの心情の吐露にうっとりとしていたのである。

七　錯視

（1）　以下を参照のこと。「［紋切り型の］言葉はいかなる内面的実在にも限定されないような新たな姿をとることに失敗して……」(Remy de Gourmont, « Le Cliché », dans *Esthétique de la langue française*, p. 310)、「たとえば「ある輝かしい朝のことであった」というような陳腐な小説の書き出しにも、真の感動はあり得る」(Antoine Albalat, *Le Problème du style*, p. 38)。

あるいは「俗物は独創的な文章よりも陳腐な文章により感動を覚えるであろう……」(*Le Problème du style*, p. 40)、「人の心を打たないのも、また読み終えるとすぐ忘れられてしまうのも［その書物が陳腐な言葉で書かれているからであり］またそれだけのためでしかないのだ」(*L'Art d'écrire*, p. 76)。

さらには「ひとたび［こうした既成の表現を］許してしまうと、それが二度三度と重なり、その傾斜の勢いに引きずられて止めどがなくなるであろう。というのも個性的な文体をもつよりも万人の文体で書く方が易しいからである」(*L'Art d'écrire*, p. 77)、「あまりに執拗な仕掛けは蜘蛛の巣のように破れてしまうに違いない」(« Le Cliché », p. 322)。

八　恐怖政治、おのれを正当化できる

（1）　そもそも作家は好んで読者をその感情に誘う。助け舟を出すのである。作者なしでは済まされないと分からせようとする。作品に見られる一つならずの見え見えの不器用さに他の意図はないのである。

（2）　マルクスやソレルのような人の理論を軽く扱うことができるのも、彼らが言葉嫌いに駆られているのが分かるからではない。その正反対なのである。たとえばフロイトの発見は今日ではおそらく当初よりも少しだけより真実なものとなってきているであろう（単に言語の批評がそれを追い越す手段を提供しうるだけの話である）。

九　ある完遂された恐怖政治について

（1）　すなわち、それを思考として受け取る者にとっては、あるときは短い物語のように絵画的で細やかなものとして、またあるときは抽象的な引用文よりもさらに凝縮され無味乾燥なものとして。しかし文章として理解する者にとっては、習慣的なものとして、あるいは新しいものとして。

（2）　ゲーテほど巧妙にこうした陰影を操った作家は少ない。だがさらに、修辞学が廃れるやたちまちロマン派の作家に多量に見られるようになる斜体や引用符、括弧なども例に引かねばならないであろう。

（3）　バルザック〔« Une Fille d'Eve », dans *Scènes de la vie privée*〕。

（4）　レオン＝ポール・ファルグ〔« La Tour Eiffel », *D'après Paris*, Gallimard, 1932, p. 34〕。

（5）　ランボー〔« Alchimie du verbe »〕。

（6）　ときに、常套句がないので、語源（正確か否かは重要なことではない）に助けを求めることで満足せざるを得ないほど強い要求が関わっているのである。実際、今やいかなる紋切り型も法則も形式も誘っている恍惚の境地の予感を与えてくれる「ためらい」や「無邪気な」、「懸念」の用法があるのである。たとえば、「それというのもわたしは逸楽というものを知らなかったし、まだ快楽へのいかなる懸念も持ち合わせていなかったからである……」（アンドレ・ジッド）。また「……するほどに」の用法も。たとえば、「黄金色に滅びゆくほどに……」（ポール・ヴァレリー）。

十　文学の意義を逆転させる装置

（1）　「芸術的な文体」で書かれた小説の筋を味読することが、いや把握することさえいかに難しいかは人のよく知るところである。

（2）　その例はいくらでも挙げられようが、ここでは一つだけに留めよう。すなわちロジェ・マルタン・デュ・ガールの『チボー家の人々』の結末――ジャック・チボーの死――があまりに「小説的」すぎて本当らしくないと批評界が非難したことがあった。しかし事実は、本当らしくないことは少しもなく、実際に一人ならずの飛行士――ロー・ド・ボジィスなどはその中の一人だった――が機上から平和主義のビラを撒いて行方不明となっているのである。だがこうした錯覚は簡単に説明がつく。つまりジャックの死があまりに小説的なのではなく、小説があまりに小説的でなさすぎるのである。この死の直前まで、説明文や歴史的資料、現実の出来事、新聞記事などが溢れているからである。小説家が不在なのである。そのために、出来事を取りしきり直そうとするそのわずかな試みさえ、逆に、「小説的」で偽物である感じを与えてしまう。小説を逃れようとしてみたまえ、再び捕まるのが落ち。

（3）　同じように、おのれを鍛えたことのないひとは、訓練しておのれの動きを制御できるひとほどには体の自由が利かないものである。それどころか逆に、その体にかなりきつく縛られ、機械的で紋切り型のような動きしか取れなくなる。

（4）　一二〇〇年頃。

訳注

一　未開状態の文学

（一）　『ボツァッロへの旅（*Voyages de Botzarro*）』：不詳。なお、新全集の編者ベルナール・バイヨー（Bernard Baillaud）によれば、「ボツァッロ（Botzarro）」という語はポーランの書以外には見出せないという。

（二）　バイヨーは原注（1）を以下のように補っている――テオドール・ジュフロワは『緑の手帳』で「完璧ほど凡庸に似ているものはない」と書いている（Théodore Jouffroy, *Le Cahier vert*, Les Presses françaises, 1924, p. 16）。「整理された作品は、いかに美しかろうと、常に何かしら機械的で作りもの感がある。そして最も完璧なものは、つまるところ、最もつまらないものなのである」と、シャルル・デュ・ボスの『日記抄』についてエドモン・ジャルーは輪をかける（*Les Nouvelles littéraires*, n° 360, samedi 7 septembre 1929, p. 3）。アンドレ・モーロワはイレーヌ・ネミロフスキーの小説『ダヴィッド・ゴルデール』（Grasset, 1929）についてこう反応している、「このような主題に潜む危険はその美しさである。つまりややわざとらしいその偉大さである」（*Bravo*, n° 8, 17 janvier 1930, p. 27）。ユゴーの言葉は『わが生涯の後記（*Post-scriptumde ma vie*）』（Calmann-Lévy, 1901, p. 82 et 255-256）を参照のこと。

（三）　以下を参照のこと。「彼は咳をした。彼は呟いた。「ひとりの人間に何ができるか？……ひとりの人間に何ができるかというんです！……」」（ポール・ヴァレリー『ムッシュー・テスト』、清水徹訳、岩波文庫、三四頁）、「専門家としての僕は、実に愚劣に思われた。人間としての僕は、自分にわかっていたろうか？　僕はやっと生まれたばかりだ。どんな人間に生まれたかは、まだわからなかった。それこそ、これから知らなければならぬことだった」（アンドレ・ジイド『背徳者』、川口篤訳、岩波文庫、六三頁）。

（四）　アレルト Alerte：不詳。「ジャン・ポーラン読者の会」事務局によれば、ポーランの創作と思われるとのことである。

（五）　雑誌『文学（*Littérature*）』第九号（一九一九年十一月）が行なったアンケート「あなたはなぜ書くのですか」に対するヴァレリーの回答は一言「弱さから」であった（同誌第十号、一九一九年十二月、二六頁）。ちなみにポーラン自身の回答は「わたしの理由をお望みとは恐縮しております。ですが、わたしはあまり書きませんので、ご非難はほとんど当たっておりません」（同誌十一号、一九二〇年一月、二五頁）であった。

（六）　一九四一年版では「ギィ・ド・プールタレス（Guy de Pourtalès）」となっていた。

二　貧しさと空腹

（一）　テレーズ・ティリオン Thérèse Thirion：不詳。

（二）　一九四〇年九月二日のジッドの『日記』に「「美しい感情からは良い作品は生まれない（C'est avec les beaux sentiments qu'on fait de la mauvaise littérature）」とわたしはかつて書いたし、再びそう書こうとしている。それが真実であることは明らかに思える」とある（*Journal 1939-1949. Souvenirs*, Gallimard, « Bibliothèque de la Pléiade », 1954）。『ドストエフスキー論』（一九二三年）ですでにそう述べていた。

（三）　イリヤーズ Iliazd：イリヤ・ズダネヴィッチ（Ilia Zdanevich）の通称。ジョージア出身でロシア未来派の芸術家。

（四）　『シュルレアリスム宣言』で、ヴァレリーが自分では書かない例としてブルトンに語ったと紹介されている文（巖谷國士訳、岩波文庫、一三頁）。

四　恐怖政治の詳細

（一）　バイヨーによれば、著者（Juvignet）とその著書は、正しくは以下の通りと思われるとのことである。Rigoley de Juvigny, *De la Décadence des Lettres et des mœurs, depuis les Grecs & les Romains jusqu'à nos jours*, Mérigot le Jeune, 1787, p. 511.

（二）　バイヨーはこの点について次のように補っている――一九三七年五月から一九三九年五月にかけて、ドゥトゥッフ、ルージュモン、タルドによる『ヌーヴォー・カイエ（*Nouveaux Cahiers*）』紙は「言葉の力」という欄を設けた。シモーヌ・ヴェイユは「トロイ戦争をまた始めることはよそう」と警告（一九三七年四月一日、十五日）、ブリス・パランは「変節漢！」を（一九三七年五月十五日）、ピエール・ボストは「安全という神話」（一九三七年五月一日）と「世論」を（一九三七年五月一日）、アルマン・プティジャンは「青春」を（一九三七年六月一日）、ポール・アルシャンボーは「民主主義」を（一九三七年六月十五日）、ラファイは「態度を決める」を（一九三七年七月一日）、ジュリアン・レナックは「階級」を（一九三七年七月十五日）、ヴァランタンは「威厳」を（一九三七年十一月十五日）、ランズベルクは「イデオロギー戦争」を（一九三八年一月一日、十五日）、ドゥニ・ド・ルージュモンは「ヒトラーの思う壺」を（一九三九年一月一日、十五日）扱った。

（三）　バイヨーはシャルル・デュ・ボス『日記。一九三四年四月―一九三九年二月（*Journal. Avril 1934 – février 1939*）』（Éditions du Vieux-Colombier, 1961, p. 285）には掲載されていない次の一節を紹介している。「一九三八年七月三十日土曜日、午前十時半。わたしは十七歳のとき生まれた。戸籍上、一八八二年十月二十七日にわたしの名前を持った子供がこの世に生まれたとなってはいるが、その子は今投げかける呼びかけのほとんどすべてに答えず、奇妙な頑迷さでわたしならざる者と自己を混同している。わたしの幼年期のみならず青年期もまだ生まれる前であったように思われる。真の誕生は、ジョゼフ・バルーズィと出会い真の友情で結ばれ、ベルクソンの『意識の直接与件に関する試論』を紹介してもらった一八九九年十月末のことなのである。わたしの中で内部のものが生まれたのは、ジョゼフ・バルーズィと心を通わせ、ベルクソンの本を読んだお蔭なのである」（*Journal*, Buchet-Chastel, 2005, t. 3, « La Celle-Saint-Cloud/ Bibliothèque de la Petite Châtaigneraie / Samedi 30 juillet 1938—10h. 30 matin », p. 862）。ただし一九三七年十一月十四日日曜日に「ベルクソンの印の下で精神世界に目覚める（一八九九年十月）」の記載がある。

（四）　言うまでもなくデカルトが提唱した分析方法である（『方法序説』谷川多佳子訳、岩波文庫、第二部、とりわけ二八―二九頁）。

五　読者が作者を裏返しに見る

（一）　アリスト Ariste：ラシーヌ『フェードル』の登場人物。

（二）　パロクシスト paroxystes：「若きフランス《レ・ジューヌ・フランス》派」の一員で、ゴーチエの『ロマン主義の歴史』に登場しているフィロテ・オネディ（Philothée O'Neddy, 1811-1875. 主著『火と炎』）らを指す。文字組を工夫するなどして表現力の限界を追求した。

六　恐怖政治の短所へ

（一）　バイヨーによれば、ド・グラフィニー夫人（Madame de Graffigny）にはこの名の小説はない。それはジョルジュ・リブモン＝デセーニュの小説である（Grasset, 1931）。しかしそこにはこの文は見当たらない。

（二）　バイヨーによれば、本例はレミ・ド・グールモンが『フランス語の美学（*Esthétique de la langue française*）』で言及している。

七　錯視

（一）　バイヨーによれば出典は以下の通り。R. Hughes, *Un Cyclone à la Jamaïque*, Paris, Nicholson and Watson, 1948, « Le Livre plastic », p. 135-136.

八　恐怖政治、おのれを正当化できる

（一）　バイヨーによれば出典は以下の通り。Auguste Rodin, *L'Art, entretiens réunis par Paul Gsell*, Paris, Grasset, 1911, p. 77-78.

（二）　ここで取り上げられているモーリィのギロチンの夢はフロイトの『夢判断』第一章で紹介され、第六章で説明されている。

(三)　同様の趣向のものとして、ポーランの対談集に「百フランのための殺人犯」がある（『百フランのための殺人犯――三面記事をめぐる対談』安原伸一郎訳、書肆心水、二〇一三年、四二―四五頁）。

九　ある完遂された恐怖政治について

(一)　バイヨーによれば出典は以下の通り。Joseph Joubert, *Pensées, essais, maximes et correspondance*, recueillis et mis en ordre par M. Paul Raynal, Librairie Vie Le Normant, 1850, vol. 2, titre 24, p. 182.

(二)　バイヨーによれば、「無邪気なフェーヴル（Innocent Fèvre）」はチェスタートンの小説『マンアライヴ』の仏訳本の登場人物の名ということである（原著では Innocent Smith の名で登場）。

十　文学の意義を逆転させる装置

(一)　バラ族 Bara：マダガスカルの一部族。

(二)　一九四一年版にはこの後に「『フェードル』はラシーヌをプラドンから区別し、『アンフィトリオン』はモリエールをプロートから区別する」が続いていた。しかしそれは全集版では削除されている。

(三)　テラメーヌ Théramène：ラシーヌ『フェードル』の登場人物。

(四)　Charles Péguy, *La tapisserie de Notre-Dame*, Les cahiers de la quinzaine, Paris 1913.

(五)　一九四一年版では「本書に続くいくつかの小著」は「本書に続く著作」となっていた。

ポーランはなぜ『タルブの花』を書いたのか

――「訳者あとがき」に代えて

榊原直文

二十世紀フランス文壇の中心人物の一人ジャン・ポーランの主著とされる文学評論『タルブの花――文学における恐怖政治（*Les Fleurs de Tarbes ou La Terreur dans les lettres*）』（以下『タルブの花』と略記）は、表現されるべき《考え》の純粋さを守るために《常套句》などの定型を拒む《文学における恐怖政治》に対し、文学は日常的な《言葉》に頼ってこそ花咲き誇ると唱え、その議論がモーリス・ブランショをはじめとする現代の文芸批評家に大きな影響を与えた一書である。

一　『新フランス評論』編集長として

本書はまず一九三六年（六月～十月）にフランスを代表する文芸誌『新フランス評論（*La Nouvelle Revue Française*）』（以下『ＮＲＦ』と表記）に連載され、その後、加筆修正が施され、一九四一年に一冊の本として出版された。しかし、それから遡ること十五年の一九二六年にすでにフランシス・ポンジュに次のように書き送っていた。

一種の批評宣言を書いた。『タルブの花』あるいは『文学における恐怖政治』というものだ。いつかの晩にでも読んであげたいよ。(1)

ところでポーランは一九二五年四月に『NRF』の編集長となっていたのであったが、その彼がまず企てたことは当誌の批評欄の充実であった。二七年三月の「予約購読者へ」にこうある。

ことのほか的を射ていると思われる批判が一つある。それは、今の『NRF』の批評欄が質・量ともに不十分であるというものである。[……]『NRF』が、いつもその務めの一つとして心得てきたあの文学的価値の厳密にして公平な解明が、それをするに十分なだけの空間を有していないと考えている。(2)

そして同時期のマルセル・アルラン宛の手紙には「四名が一団となって『NRF』の委員会、ことにその批評欄を完全に担う委員会を構成することで、『NRF』誌の責任を負ってはと考えている(3)」とある(実際はシュランベルジェ、クレミユ、フェルナンデス、アルラン、ポーランの五名が担当することとなる)。さらには、『NRF』誌の三一年三月号では、新しく発表された重要と思われる作品に対して、誌上で凝縮された形の判断を示すよう努めると明記されることになる。
それにしてもなぜこれほど批評のあり方にこだわったのであろうか。その理由は、雑誌『ムジュール（*Mesures*）』の三八年七月一五日号に掲載された「批評の秘密」という小論に明らかなように思われる。そこでは、二二年に出たモンテルランの作品『夢』に対する各紙の批評がいかに相矛盾するものであったかが示されているのである。[4]
ポーランが『タルブの花』を書いたのは、こうした批評界の混乱状況を見極め、乗り越えようとしたからであると思われるのである。
実際、『タルブの花』の第Ⅰ部には次のように記されている。

劇や詩への道を拓き、それらを導き、それらに好ましい場を提供するに適した予防的、創造的――一言でいえば、修辞学的な――批評が存在していることは久しい以前から認められてきた。しかしわれわれは詩や劇から始め、批評が全力でその後を追っている。[5]

個々の文学作品が後からそれを辿れば良いような道筋を示す批評、言いかえれば先に立って文学を導く批評、彼はそうした批評を確立しようとした、あるいは少なくともそうした批評が確立されるためのいわば地均しの仕事をしようとしたのである。
そしてそのためには古来よりある修辞学に頼るのが望ましいと考えたのであったが、それには以前のマダガスカル滞在の折の諺体験が大きく影響していると思われる。

二　マダガスカルでの諺体験

ポーランは、一九〇八年から一〇年にかけて、リセの文学担当教員としてマダガスカルに滞在したが、その際の当地の言葉との出会いが『諺の体験』に語られている。その要点は次のようである。

原住民と生活を共にしながら直にその言葉を学び始め、やがて日常の会話に支障のない程度にその言葉をつかえるようになったポーランは、しかし同時に自分の言葉にはまさにそれを言葉として聴き手に受け入れさせるある種の力が欠けているように感じ始める。ほどなく、原住民が議論するとき意味の不明な諺がふんだんに用いられており、そのような諺こそ彼らの言葉にある確信の調子を与えているものに他ならないことに気づく。そしてそのときから、自分自身マダガスカルの謎めいた諺をつかいこなせるようになるための様々な試みが始まるのである。

たとえば、原住民が諺をつかって問いかけてきたとき、その諺の中でつかわれている比喩をそのまま続けるような形で応えてみる。あるいは、比較的分かり易い諺をそのおおよその意味に還元し、そしてある会話でその意味が当てはまるような箇所で元の諺を用いてみる。さらには、より手短かに、相手のいった言葉の中から諺だけを抜き出してその意味を直接訊ねてみる。このようにポーランは様々に試みてみるのであるが、しかし結果は、あるいは自分ひとりで話しているかのような空しい印象をもったり、あるいは逆に、訊ねられた相手の方が当惑してしまい、ポーランの質問を回避しようとするだけである。こうして彼は捉えどころのないいわば底なしの言葉の泥沼にはまってしまう（さながら短篇『習慣を失くすエトレ』のエトレ軍曹のように(6)）。

ところが、マダガスカルに来て一年余りがすぎる頃には、そのような諺の意味をめぐる省察はなぜかもはや煩わしいものとしか感じられなくなっている。それでいて、他方、知らぬ間に自分の言葉にも原住民に劣らぬ多くの諺が含まれるようになっていた。そして奇妙にも、いまや諺表現に関して得ていた自信は、自分が諺を言葉として巧みに用いることができるということにではなく、諺自体が事実そのものであると感じられることに由来しているように思われる。諺はもはやおのれの意志のままに操ることのできる言葉の集合としてではなく、あたかも一つの動かし難い事実のように感じられたのである。言いかえれば、以前はある事実を説明すべき文章であった諺が、「反転」して、いまや他の文章によって説明されるべき一つの事実として存在しているように思えたのである。そしてそのときポーランは、おのれがその諺の真実の前から喜んで引き下がり、姿を消そうとしているように感じたというのである。

三　シュルレアリスムの問題

さて、この体験が批評界の混乱を収めるには修辞学に依拠すべきであるとの『タルブの花』の主張につながるのである。というのも、本書の議論を形づくっているものは、常套句は精神（思考内容）を言葉に隷属させてしまうがゆえに排除すべきであるとする考え方と、反対に常套句を信頼して用い、それに依拠することから出発してこそ理解が安定し、文学は花開くとする考え方の対立であるわけであるが、前者の考え方はちょうど諺の意味の分析に捕らわれていたマダガスカルに着いてまだ日の浅いポーランがそうであったように、他人の言語活動を外側から観察するときにわれわれが取りがちな態度なのである。それに対して、事実と感じて諺をつかいこなすようになったポーランのように、言葉に親しみ、信頼して自ら定型表現をつかってこそ精神（思考内容）はうまく伝わり、共有されると考えられるからである。

しかしこれは当時の一般的傾向に逆行する考え方であった。『タルブの花』には、一九三〇年前後という時代を反映して、政治的文脈からとられた具体例も多く挙げられているが、それらは当時いかに言葉に対する不信が募っていたかということを示している。作家の間でも、《言葉》よりもそれによって表現される《考え》を重んじ、それゆえ《言葉》をレトリックで飾ろうとする修辞家を断罪して《考え》の純粋さを守ろうとする風潮――文学における恐怖政治――があった。その急先鋒がシュルレアリストたちである。周知のようにポーランにもシュルレアリスムに与した時期があった。『NRF』連載時にはなかった記述であるが、単行本では「わたしも結局のところ恐怖政治家であった[7]」と告白もしている。しかしその後、そのシュルレアリスムに対して批判的になる。

そのことが表面化したのは、アルトーの小冊子『大いなる夜に（*A la grande nuit*）』に対する次のような書評においてのことであった。

シュルレアリストたちとそのこの上なき反対者たちに共通する確信が一つある。すなわち文学に対する憎しみ、あるいは軽蔑である。たしかに、シュルレアリストたちよりもよりこうした気持ちを実感し、体験した人間が一人ならずいる。しかし、その人間は同時に話すことを自らに禁じていた。そうした気持ちを抱いた経験は誰にでもある。それでもやはり、誰も、シュルレアリストたちほど執拗にそうした軽蔑や憎しみを表わしはしなかった。

彼らほど執拗には。すなわち彼らほど様々な仕方で、生き生きとした仕方で、あるいはまた文学的な仕方で。まあ言い方はどうでもいい。共産主義を論ずるときでさえ、シュルレアリストたちがまず問題を提出するのは文学の場においてなのである。そしてその文学という場からいち早く逃げ去ろうとするのである。

それがまた彼らの大きな弱点であることはよく知られている。呼吸することは平凡なことである。規則的に呼吸することは、毎朝服を着たり、毎晩服を脱いだりすることに劣らず滑稽なことである。しかし、こうした滑稽さあるいは愚かさを避ける一つのやり方がある。すなわち、もはやそのことに注意する必要がなくなるほど規則的に呼吸することができるようになることである。そして、われわれがある作家に全面的に敬服することがあるのも、その作家が文学を、軽蔑するにとどまらずにさらに心の内で完成し、乗り越え、いわば単なる一つの機能に、そのものを凌駕し、またおのれを凌駕するある活動の手段に帰しているからである。(8)

この件はその後ポーランとブルトンの決闘沙汰にまで発展するのであるが、しかし、ここにも明らかなように、ポーランはシュルレアリスム（あるいはシュルレアリスムに代表される恐怖政治）を一方的に断罪しているのではない。それを超えることが必要なのである。そしてそのためにはたとえば修辞学に頼る方が望ましいと主張したのである。定型表現こそわれわれを「言語への隷属」から解き放ち、「いっそう澄んだ大気」へと運んでくれる「精神に対して無限に透明な表現」であると考えたのである。(9)

四　『タルブの花』の真の意図

さて、ここまでは課題である《ポーランはなぜ『タルブの花』を書いたのか》という疑問に、なぜポーランは『タルブの花』を書き始め、書き進めて行ったのかという面からアプローチしてきた。ここからはどのように書き終えたかを検討したい。それには『ＮＲＦ』掲載と単行本との異同に注目する必要がある。

単行本の末尾に新たに付け加えられた一節にこうある。

いや、この研究に着手したとき論じようとしていたのはこのような諸問題ではない。ところがその後、そのような諸問題の不意を衝く代わりに、わたしがそれらに不意を衝かれ、また（こういう言い方ができるなら）それらの問題を扱う代わりにそれらに扱われるということが起こったのである。[10]

つまりポーランは、いつの間にか、自分が書き始めた事柄によっていわば乗り越えられ、今や受け身の立場に回っていたことを強く意識し、読者にもそのことを伝えようとしているのである。[11]そしてこの立場の逆転がいかに重要であるかが窺えるのが、『ＮＲＦ』連載が終了して間もなくジュアンドーに宛てた次の手紙である。

［……］相変わらず、あの新しい結論部がある出来事を叙述するだけでなく、同時に、それ自体が

その出来事であるようにすることに掛かり切っています。つまりそれは(『タルブの花』がそのすべての意義を、その唯一の意義をもつのはここだと思うのですが)、書物として語られると同時に冒険として起こり、そしてその結論部を理解できるのは、この書があるとき望ましいこととして、さらには避け得ないこととして示しているあの回心、あの革命をその精神に被らせたひとだけなのです。(12)

ここで「回心」あるいは「革命」という言葉でポーランが言わんとしていることは、先に見た立場の逆転に他ならないであろう。

ところでポーランはまた以前にこうもアルトーに書き送っていた。

わたしは仕事をしています。そしてこの『タルブの花』が、書き終わったときには、あなたを満足させることを願っています。それがわたしにもたらしてくれる幸せからしておそらくそれは真実であり、われわれが本当に生きているあの第二の世界を——数学的であってほしい明確さで——画定しているのではないかとの思いに駆られます(文学を、そしてその言語を出発点としてです。いや、口実は何でもいいのです)。(13)

もはや明らかであろう。ポーランにとって文学とは受動的と呼ぶべき世界に至る一手段であり、その世界に読者を誘導することがその存在意義なのである。世界とは認識されるべきものではなく、生きられるべきものであるのだから。

＊

『タルブの花』には半世紀あまり前の野村英夫氏の御訳業が存在する（晶文社、一九六八年。『言語と文学』書肆心水、二〇〇四年に再録）。しかし、その行き届いた解説に比し、ポーランの評論そのものの訳には改善の余地があるように思われた。ここに新たに訳出を試みた所以である。底本としたのは *Œuvres complètes*, Cercle du livre précieux, Tome III, 1967 であるが、ガリマール社からの新全集第三巻（*Œuvres complètes*, Gallimard, Tome III, 2011）も随時、参照した。

本訳書は、ジャン・ポーランの短篇小説五篇を訳出した前書『かなり緩やかな愛の前進』に引き続きご理解を賜った水声社の鈴木宏氏、その適切な助言でお励ましくださった同社編集部の村山修亮氏、お二方のお力添えがなければ実現しなかった。心より感謝申し上げます。

注

＊　本稿は、かつて『奥羽大学文学部紀要』の第六号（一九九四年）及び第八号（一九九六年）に掲載された拙論に

手を加えたものである。

(1) *Correspondance Jean Paulhan – Francis Ponge I*, Gallimard, 1986, p. 61.

(2) « Lettre à nos abonnés », *NRF*, mars 1927. Cf. *Chroniques de Jean Guérin I*, choix de textes établi et présenté par Jean-Philippe Segonds, Éditions des cendres, 1991, p. 11.

(3) Jean Paulhan, *Choix de lettres I*, Gallimard, 1986, p.155, p. 458. なおこの手紙は本書簡集では一九二八年のものと推定されているが、正確には二七年初めに書かれたと思われる(Cf. *Chroniques de Jean Guérin I*, *éd. cit.*, p. 11)。

(4) 例えば「忌まわしいほどの人でなし、主人公は人間らしくない」(ポール・スーデー)、「歪曲されていない主人公、そしてそれゆえ全く人間らしい」(アンドレ・モーロワ)、「著者は精神的な偉大さがあるなど思ってもみない」(ルイ・マルタン゠ショフィエ)、「著者の偉大さのひとつはその精神性である」(ピエール・ドミニック)など(「批評の秘密(Le secret de la critique)」*Œuvres complètes*, Gallimard, Tome III, 2011, p. 206-207)。なお、拙論「批評の危機に直面するジャン・ポーラン」(『危機を読む』所収、白水社、一九九四年)を参照されたい。

(5) 本書四七頁。

(6) 『習慣を失くすエトレ』(榊原直文訳、『かなり緩やかな愛の前進』所収、水声社、二〇二二年)。

(7) 本書一二六頁。

(8) *NRF*, octobre 1927 (in *Chroniques de Jean Guérin I*, *éd. cit.*, p. 31).

(9) 本書一二五頁。

(10) 本書一四四頁。

(11) 同様の逆転はこの後に書かれた『詩の鍵(*Clef de la poésie*)』や『言語の才能(*Le Don des langues*)』にも見られる。「たしかに、わたしの意図は厳密に論理的なものであるとさきに述べた。ただ、他の冒険においても見られるように、出来事がわたしの意図を超えるということがおこったのである。」(*Clef de la poésie*, *Œuvres complètes*, Gallimard, Tome II, 2009, p. 342.『詩の鍵』高橋隆訳、国文社、一九八六年、四三頁。ただし訳文を変えてある。)「わたしは自分が被らなかった何ものをも提出しなかった。ある発見をするということは大したことではない。わたしは、わたしがしつつあった発見そのものであったのである。」(Ibid. 同書、四四頁。ただし訳文を大幅に変えてある。)

「われわれが行ってきた実験とわれわれがそれであった経験との間に何らの相違もないとしても、それは驚くべきことであろうか。［……］いや、思いがけぬ――思いがけぬ、しかし辛抱したことによってわたしが多分それに値した――仕合わせによって、わたしはわたしが理解しつつあったものであるということが起こったのであるから。」（*Le Don des langues*, *Œuvres complètes*, Gallimard, Tome III, 2011, p. 528.）

（12） Jean Paulhan, *Choix de lettres II*, Gallimard, 1992, p. 216.

（13） Jean Paulhan, *Choix de lettres I*, Gallimard, 1986, p. 215.

著者／訳者について――

ジャン・ポーラン（Jean Paulhan）　一八八四年ニームに生まれ、一九六八年ヌイイ＝シュル＝セーヌに没する。フランスの作家、文芸批評家、編集者。アカデミー・フランセーズ会員。フランスを代表する文芸誌『新フランス評論（*La Nouvelle Revue Française*）』の編集長を長らく務める。おもな著書に、『ブラック――様式と独創』（宗左近・柴田道子訳、美術公論社、一九八〇年）、対談集『百フランのための殺人犯』（安原伸一郎訳、書肆心水、二〇一三年）などがある。

＊

榊原直文（さかきばらなおぶみ）　一九五五年、茨城県に生まれる。東北大学文学部卒業。同大学同学部仏文学科助手（一九八七―八九年）、奥羽大学文学部フランス語フランス文学科助教授・教授（一九八九年―二〇〇七年）。おもな訳書に、M・ド・モージュ他『フランス人の幕末維新』（共訳、有隣堂、一九九六年）、ジャン・ポーラン『かなり緩やかな愛の前進』（水声社、二〇二二年）などがある。

装幀——宗利淳一

タルブの花——文学における恐怖政治

二〇二三年四月五日第一版第一刷印刷　二〇二三年四月一五日第一版第一刷発行

著者——ジャン・ポーラン

訳者——榊原直文

発行者——鈴木宏

発行所——株式会社水声社

東京都文京区小石川二—七—五　郵便番号一一二—〇〇〇二

電話〇三—三八一八—六〇四〇　FAX〇三—三八一八—二四三七

［編集部］横浜市港北区新吉田東一—七七—一七　郵便番号二二三—〇〇五八

電話〇四五—七一七—五三五六　FAX〇四五—七一七—五三五七

郵便振替〇〇一八〇—四—六五四一〇〇

URL : http://www.suiseisha.net

印刷・製本——精興社

ISBN978-4-8010-0712-3